Barsakh

Simon Stranger est un auteur norvégien. Il écrit pour les enfants et pour les adultes. *Barsakh* est son cinquième livre.

Ce livre a été publié avec le soutien de NORLA

© 2009, Cappelen Damm AS
Ouvrage publié originellement sous le titre : *Barsakh*

© 2015, Bayard Éditions pour la traduction française
18, rue Barbès, 92128 Montrouge Cedex
Dépôt légal : mai 2015
ISBN : 978-2-7470-3498-2

SIMON STRANGER
Barsakh

Traduit du norvégien par Hélène Hervieu

bayard

Un bateau avec onze hommes complètement déshydratés a été retrouvé en mars 2006, à la dérive, au large de l'île de la Barbade, dans les Caraïbes, entraîné par les courants, après avoir traversé l'Atlantique. Une cinquantaine de Sénégalais auraient pris la mer à bord de ce bateau en décembre de l'année précédente. Chacun avait payé jusqu'à 1 500 € pour son voyage. Dans une lettre écrite par l'un des réfugiés, identifié plus tard comme étant Diao Souncar, on lisait ceci : « J'aimerais donner cet argent à ma famille à Bassada. Je suis désolé. C'est ici que ma vie prend fin, dans ce grand océan marocain. »

Paul Mitchell, wsws.org

Première partie

1

Émilie

Cette histoire aurait pu commencer ici, le soir, au son du doux clapotis des vagues sur la plage, aux Canaries. Elle aurait pu commencer dans ce modeste restaurant installé sur la promenade, avec des bougies sur les tables, sous les palmiers qui longent le bord de mer. Avec des bébés endormis dans leur poussette et des couples qui marchent, main dans la main. C'est une belle et chaude soirée sur l'île de Gran Canaria. Les cafés diffusent tous de la musique. Tout est comme d'habitude.

Soudain, le calme est rompu. Une jeune fille mince, d'une quinzaine d'années, ses cheveux blonds rassemblés en queue de cheval, et un garçon africain, un peu plus âgé, vêtu d'un tee-shirt et d'un jean, arrivent en courant. Ils se tiennent par la main et essaient d'échapper à un policier qui les poursuit. Ils passent devant les échoppes et les cafés et déboulent sur la promenade du bord de mer. Les touristes s'écartent et se retournent, intrigués. Le policier leur crie de s'arrêter. La jeune fille jette un coup d'œil par-dessus son épaule pour voir à quelle distance il se trouve.

— Émilie ? ! crie une dame, effrayée, sur le trottoir.

Mais les deux jeunes continuent de courir et dépassent un couple de retraités qui contemple la mer, avant de prendre leur élan et de sauter en bas sur la plage. Le policier les suit et atterrit lourdement dans le sable. Il se relève et se remet à courir. Les gens s'arrêtent de manger, de parler. Ils regardent simplement les deux jeunes courir. Ils voient le sable qui vole sous leurs pieds, les vagues sombres qui déferlent et le policier qui gagne du terrain.

*

Mais l'histoire n'a pas commencé là. Elle a commencé quelques jours plus tôt, dans un restaurant de la plage, sur Gran Canaria.

Sebastian, un petit garçon de dix ans, trempait ses frites dans du ketchup et faisait des dessins sur son assiette. Émilie, comme d'habitude, chipotait avec sa nourriture, tandis que leurs parents se servaient de tous les petits plats garnis de tapas en discutant. Le père s'appelle Jean et vient de Lyon. Il a les cheveux foncés et il enseigne le français au lycée français d'Oslo. La mère, Lisa, est professeur à l'université. Émilie ne sait pas trop en quoi consiste son travail. Apparemment, ça concerne l'Antiquité : les fouilles, les vieilles jarres, les langues mortes. Avant, Émilie trouvait triste que sa mère passe les après-midi et les soirées à travailler, l'air toujours ailleurs. Maintenant, ça l'arrange presque : au moins, elle la laisse tranquille.

Émilie mit de côté les dés de fromage et les morceaux d'avocat de sa salade, en les poussant sur le bord de l'assiette. Puis elle ouvrit discrètement sa serviette et profita de l'instant où son père, penché en avant, enfournait un morceau de viande hachée, pour faire glisser la nourriture dedans. Ni vu ni connu. Si elle avait su qu'il y avait de l'avocat dans la salade, elle aurait commandé autre chose. Les gens n'ont aucune idée du pourcentage de gras qu'il y a dans l'avocat : 19,5 % ! Une carotte, c'est seulement 0,2 %. Comme le brocoli. Et le concombre, encore moins : c'est le champion toutes catégories, mais ça ne rassasie pas. Contrairement au brocoli et à la tomate, qui, eux, calent l'estomac.

Le serveur arriva avec une nouvelle assiette de tapas : des petites saucisses bien grasses, des boules de purée de pommes de terre frites baignant dans l'huile, encore de la viande hachée, du poulpe. Ça ruisselle de graisse. Comment les gens peuvent-ils avaler ça ? Se rendent-ils compte du mal qu'ils font à leur corps, à leurs artères, à leur tissu adipeux ? Ont-ils seulement une idée des kilos qu'ils vont prendre entre le déjeuner et le dîner – surtout s'ils passent l'après-midi à rôtir sur leur transat ? Il faut croire que non.

Émilie poursuivit son petit manège avec ses bouts de fromage et d'avocat. Au moment où elle replia sa serviette, son père la regarda. Vite, elle posa son avant-bras dessus pour la cacher et continua de manger comme si de rien n'était. Mais son père n'était pas dupe. Il lui lança un coup d'œil sceptique et lui présenta le plat de jambon espagnol, de fromage accompagné d'aïoli. Il suffisait de voir la consistance de la mayonnaise pour deviner la quantité de graisse contenue dans une seule cuillerée.

— Tiens, prends-en un peu, ma chérie.

Avant, il ne l'appelait pas ainsi. Il l'appelait « ma petite boule ». Ça se voulait affectueux. Puis il la chatouillait sous les bras ou la pinçait à la taille, avant de la soulever et de jouer avec elle.

Mais ce surnom avait un autre sens, même si son père s'en défendait. Il signifiait aussi qu'elle était boulotte, grassouillette. Et c'était vrai. De toute façon, il y a toujours une part de vérité dans un surnom, sinon il disparaît comme il est apparu. Elle était réellement une petite boule. Sur une photo prise par son père le jour de ses douze ans, on remarque nettement le bourrelet de graisse qui ressort du pantalon au moment où elle tend les bras pour recevoir le cadeau d'une amie. Ses joues sont rebondies et ses cuisses, à l'étroit dans son jean. Ce n'est plus le cas aujourd'hui. Depuis plusieurs années, ses cuisses ne frottent plus l'une contre l'autre quand elle marche. Elle a enfin le corps qu'elle désire. Celui qu'on voit partout étalé sur le papier glacé des magazines.

Cependant, ce n'était pas grâce à son père si elle avait pris conscience un jour qu'elle devait réagir, mais à un garçon de l'école. Elle ne tenait pourtant pas particulièrement à lui, mais bon. Assise sur un banc dans la cour, elle mangeait un gâteau à la crème, quand il était passé, avec son sac de classe jeté sur l'épaule. Il avait haussé les sourcils.

— T'en as pas marre de te goinfrer ? avait-il lancé sur un ton méprisant, en gonflant les joues.

Cette remarque avait fait à Émilie l'effet d'un réveil brutal et marqué la fin de son enfance. Elle avait commencé à se voir de l'extérieur, à penser à son physique, à ses vêtements, à ses cheveux. Une prise de conscience radicale.

Envahie par un sentiment de honte, elle avait rangé le reste de son gâteau dans le plastique transparent. Le garçon avait poursuivi son chemin et sans doute oublié l'épisode. Pas Émilie. Si seulement elle avait pu se dissoudre dans l'air et se volatiliser ! Tête basse, elle avait senti pour la première fois de sa vie qu'il était temps de se prendre en main. Son corps n'était pas celui qu'il aurait dû être. La pâtisserie entamée se voyait à travers le plastique comme ses bourrelets de graisse se devinaient sous son pull. Elle s'était dépêchée d'aller jeter le sac à la poubelle et avait essuyé un peu de noix de coco et de sucre glace aux coins de sa bouche. Ensuite elle était allée aux toilettes, avait relevé son pull devant la glace et examiné sa silhouette comme si c'était celle d'une étrangère. D'un regard neuf, sans concession. Le miroir lui avait renvoyé l'image d'une fille boulotte — d'un boudin.

À partir de ce jour-là, elle s'était mise au sport : du footing et des courses d'orientation. Elle s'entraînait après l'école. Au début, ses parents avaient approuvé, semble-t-il, son nouveau style de vie plus actif. Ils étaient contents qu'elle mange sainement, fasse de l'exercice et maigrisse un peu, mais, quand elle avait commencé littéralement à fondre, ils s'étaient inquiétés. Son père surtout. Les encouragements quand elle partait courir s'étaient transformés en regards inquiets et il avait fini par surveiller son alimentation, en insistant discrètement pour qu'elle mange, comme à présent, dans ce restaurant à Gran Canaria.

Un simple regard suffit : Émilie attrapa le plat et saisit du bout des doigts un peu de jambon. Car, bien qu'inaudible, elle entendait parfaitement cette réprimande muette :

Tu es obligée de manger quelque chose, Émilie. Tu es beaucoup trop maigre. Sers-toi tout de suite, sinon c'est moi qui serai obligé de rendre tout le monde mal à l'aise et de remettre ce sujet sur la table. OK ?

Elle prit alors juste ce qu'il faut dans le plat pour échapper à la sentence. Sa main tendue vers la nourriture proposée par son père signifiait :

OK, je vais me servir, même si je n'en ai pas envie. Mais, après, tu me lâches. Ça va, t'es content ?

Un bout de pain et un peu de jambon. Le pain seul n'aurait pas été suffisant. Elle le sait : il aurait toussoté, comme quelques mois plus tôt, chez eux à Bærum. Ce jour-là, ils mangeaient de la viande hachée en sauce avec des pommes de terre et des légumes. Alors qu'elle s'apprêtait à quitter la table sans avoir touché à sa viande, son père l'avait arrêtée.

— Rassieds-toi, Émilie, avait-il ordonné à voix basse, en posant ses couverts sur la table.

— Qu'est-ce qu'il y a ? avait-elle demandé en ignorant le silence de plomb qui était tombé dans la pièce.

— À quoi tu joues, là, Émilie ? avait-il repris, très calme.

Sebastian et sa mère avaient cessé de manger, eux aussi.

— À ton avis ? Au poker ? avait-elle riposté.

Il avait plongé ses yeux dans les siens.

— Ça fait un moment que tu ne manges plus. Qu'est-ce qui t'arrive ?

— Mais si, je mange ! Regarde ! avait-elle rétorqué en montrant le côté vide de son assiette, là où il y avait eu les légumes et les pommes de terre.

— Ne fais pas l'idiote, tu m'as très bien compris, Émilie. Tu ne manges plus comme avant.

— Il se trouve que j'ai quinze ans…

— Et alors ? Ça veut dire que tu dois arrêter de te nourrir ?

— Non, mais ça signifie que j'ai l'âge de décider quand j'ai faim ou non, et ce que j'ai envie de manger.

— Eh bien, non ! avait-il martelé en secouant la tête. Si c'est pour manger si peu, je ne suis pas d'accord.

— Ton père a tout à fait raison, Émilie…, avait renchéri sa mère.

Pour mettre fin à cette conversation pénible, Émilie avait coupé sa viande hachée en deux et brandi une moitié au bout de sa fourchette.

— Et, comme ça, vous êtes satisfaits ? leur avait-elle lancé avant de fourrer le gros morceau dans sa bouche.

Son père avait acquiescé et ils avaient continué leur repas, comme si de rien n'était. Mais chacun savait que rien ne serait plus comme avant. Ce jour-là, Émilie et son père avaient conclu un accord tacite : ce dernier s'abstiendrait à table de toute remarque désobligeante à son encontre, à condition qu'elle se force *un peu* à manger. La limite était désormais bien fixée. Ne pas toucher à sa viande, cela signifiait franchir la ligne rouge. Et c'est précisément ce qu'elle vient d'éviter, au cours de ce déjeuner au restaurant El Pescador de Gran Canaria. En acceptant de prendre du pain et du jambon, elle a rétabli l'équilibre.

Après avoir fini son café, son père réclama l'addition. Puis ils retournèrent à la plage s'entasser de nouveau avec les autres. Le rivage n'était qu'une succession de matelas bleus et de parasols, de châteaux de sable, de serviettes, avec des gens tantôt allongés au soleil, tantôt jouant au ballon au bord de l'eau ou se baignant dans l'eau tiède. Sebastian sortit son masque de plongée et son tuba du sac de plage, tandis que son père enleva son tee-shirt et s'installa sur un transat pour lire le journal. Émilie retira ses sandales et brancha son iPod, se demandant ce qu'elle allait faire. Bronzer ? Se baigner ? Son père tourna la tête vers eux et pointa du doigt un reportage dans le journal. La photo principale montrait un groupe de réfugiés africains épuisés, gisant sur une plage, pendant qu'une femme de la Croix-Rouge se penchait sur l'un d'entre eux. En arrière-plan, on apercevait une frêle embarcation en bois, peinte de couleurs gaies.

— Mon Dieu, dit-il, c'est à Arguineguin, tout près d'ici. Il paraît qu'ils sont des centaines à débarquer chaque jour... dans des bateaux minuscules.

Tout nu, Sebastian s'apprêtait à enfiler son short de bain, mais sa mère, voyant que celui-ci était encore mouillé, lui en tendit un autre.

— La plupart sont renvoyés chez eux, mais ils réessayent quand même, poursuivit le père.

Personne ne réagit. Émilie découvrit la photo d'un camp d'internement entouré de clôtures en fil barbelé. À l'intérieur, quelques migrants clandestins venus d'Afrique étaient assis à même le sol, collés les uns contre les autres. Puis elle regarda de nouveau la mer. Devant l'absence de réaction de sa fille, le père continua de feuilleter son journal. Sur une autre page, il y avait une publicité pour des téléviseurs à écran extralarge. Lui non plus ne devait pas savoir comment les aider, ces gens-là.

Sa mère ôta sa tunique et se mit à plat ventre sur le matelas. Sebastian partit se baigner. Pour Émilie, il était hors de question de rester au soleil, à cuire comme de la pâte à pain. Elle leur annonça qu'elle allait faire un petit footing. Sa mère était d'accord, mais son père lui demanda de ne pas disparaître trop longtemps.

Émilie monta à l'hôtel se changer. Elle enfila un tee-shirt, un bas de survêtement et des chaussures de sport.

À peine ressortie, elle se mit à courir. Elle passa devant les boutiques qui exhibaient sur le trottoir leurs présentoirs de cartes postales, des crocodiles et des dauphins gonflables ; elle doubla les bus d'hôtels qui déversaient les touristes fraîchement débarqués, avec leurs lunettes de soleil et leurs valises à roulettes ; elle poursuivit sa route devant les cafés où les hommes, torses nus et ventres rougis par le soleil, tenaient de grandes chopes de bière, et finit par s'éloigner de la ville. Elle se laissa porter par ses pieds, sans se douter de ce qui l'attendait. Sans savoir que ses vacances et sa vie ne seraient plus jamais comme avant.

2

Le bateau

Cela faisait deux ans qu'Émilie courait. Bien sûr, elle avait déjà fait du jogging en cours de sport, ou piqué un sprint pour attraper le bus, mais jamais le soir, après l'école. Elle ne s'était jamais entraînée sérieusement avant d'avoir treize ans. Au départ, il s'agissait de perdre quelques kilos, puis, rapidement, c'était devenu un besoin vital. Elle ne pensait plus à sa foulée, à sa respiration, ni à ses points d'appui sur le sol. Elle courait, un point c'est tout. Certaines pensées parfois surgissaient, qui concernaient l'école, un film ou une chanson qu'elle avait écoutée sur Internet, et au fil du temps le vide se faisait dans son esprit. Il n'y avait plus que le bruit de son souffle et ses chaussures claquant en rythme sur le bitume. Elle avait l'impression, à chaque pas, de laisser derrière elle maison, voitures, devoirs, parents et de se libérer la tête.

Ce fut exactement le cas quand Émilie s'engagea sur une petite route en gravillon qui montait sur le versant de la montagne. C'était une route poussiéreuse, bordée de caniveaux secs, qui longeait des champs d'oliviers aux formes tordues. La pente devint raide, mais la jeune fille ralentit à peine l'allure et continua de grimper en suivant les virages, avec l'océan d'un côté. Il avait la couleur du ciel. Au bout de vingt minutes, elle s'arrêta près d'une maison en ruine située sur les hauteurs, face à la mer. Elle fit des étirements tout en jetant un coup d'œil à travers la clôture. La maison avait des murs bruts, le long desquels traînaient des sacs en plastique, des tas de branches et des poubelles. Une poule battait frénétiquement des ailes, sous un caddy retourné qui lui servait de cage.

Une moto à trois roues avec une petite remorque surgit en haut de la route. Un homme mince et barbu, en bleu de travail, freina et mit pied à terre à quelques mètres d'Émilie, en laissant tourner le moteur.

— Vous cherchez Jorge ?

— Non, je suis juste là pour faire des…

Elle ne se rappelait plus comment on disait « étirements » en anglais, alors elle montra son pied posé sur la clôture et sa jambe tendue. L'homme hocha la tête en indiquant la maison.

— Il est parti pêcher. Il ne sera de retour que dans quelques jours.

L'homme redémarra et lui fit un signe de la main avant de disparaître derrière un virage. Émilie prit sa bouteille dans son mini-sac à dos et but une gorgée. Puis elle traversa la route et descendit un sentier qui conduisait

à une petite plage entre des falaises. Et si elle se baignait ?
Elle avait gardé son bikini sur elle. Elle contempla la mer,
les vagues, le scintillement du soleil sur la surface de l'eau.
Soudain, elle aperçut quelque chose.

Un bateau.

Une frêle barque en bois, remplie à ras bord de gens.
Des Africains. Exactement comme sur la photo du journal.

Ils n'étaient plus qu'à une cinquantaine de mètres du
rivage, mais la plupart d'entre eux ne bougeaient pas.
Le bateau dérivait. Une tête dépassa du plat-bord, celle
d'un garçon d'à peu près son âge, qui lui faisait signe de
venir les aider.

— Oh, mon Dieu ! s'exclama-t-elle. *Mon Dieu !*

Et elle leva le bras à son tour.

3

Samuel

Le bateau continuait à dériver. Samuel leva la tête pour voir où ils étaient. D'abord, il ne distingua que les falaises, la plage de sable et les vagues qui déferlaient sur le rivage. Puis il aperçut une jeune fille, une Européenne en tenue de sport. Comme à la télévision. Enfin. Enfin, ils étaient arrivés !

À côté de lui, tous les réfugiés avaient les yeux fermés et les lèvres sèches. Combien de jours étaient-ils restés ainsi ? Depuis quand n'avaient-ils rien mangé ni bu ? Il aurait dû y avoir un mot pour décrire une situation aussi absurde que celle-là : être entourés d'eau et, malgré cela, mourir de soif…

Au début, il avait fait chaque jour une encoche sur le bateau, mais, parvenu à dix-sept, il avait arrêté : cela n'avait plus de sens. À quoi bon compter les jours qui vous séparent de votre propre mort ? Les autres réfugiés s'étaient blottis les uns contre les autres, la tête pressée entre leurs genoux.

Ils avaient pris tous les risques. Dit au revoir à tous ceux qu'ils connaissaient, fait tout ce qu'ils pouvaient pour atteindre l'autre côté de la mer. Et maintenant ils y étaient. Samuel ressentit un

immense soulagement gagner tout son corps. *Ils étaient arrivés.*
Ils étaient sauvés.

*

Son voyage avait commencé il y avait bien longtemps. Plusieurs années auparavant, dans un café de sa ville natale, le Café Paris. Des enfants et des adultes regardaient, assis par terre, des séries télévisées sur un vieux poste. Friends. Seinfeld. Ally McBeal. Des séries avec des jeunes, tous beaux, qui vivaient dans des appartements luxueux et portaient des vêtements coûteux. C'était ici que s'était forgée en lui, la première fois, l'idée d'un autre monde que celui où il vivait. Un monde d'opulence, juste de l'autre côté de la mer. Cette impression s'était confirmée quand un cousin émigré en Suède leur avait envoyé une photo de lui, posant avec un large sourire devant une voiture flambant neuve. Il portait un pantalon et un tee-shirt d'une marque qu'on ne pouvait pas se procurer au Ghana. Derrière lui, on apercevait deux jeunes femmes en talons aiguilles, tenant à l'épaule de petits sacs à main. Tout sur la photo trahissait leur richesse, jusqu'aux pierres choisies pour former le bord du trottoir. En passant par le regard que lançait une des jeunes femmes : celui de quelqu'un qui, visiblement, ignorait ce qu'est la misère et ce que ça fait faire aux hommes.

Samuel se redressa à moitié dans la barque et agita le bras pour répondre à la jeune fille. Elle avait l'air d'avoir son âge. Ou peut-être un peu moins. Grande, élancée, les cheveux attachés en queue de cheval.

— *Hello ! cria-t-il en anglais. Vous pouvez nous aider ?*

La jeune fille parut hésiter quelques secondes, comme si elle n'en croyait pas ses yeux — ou, plus exactement, comme si elle ne savait comment réagir.

4

Les adieux

Voilà un mois que Samuel a fait ses bagages et est parti. Il aurait cru que sa mère l'en empêcherait. Qu'elle essaierait au moins de l'en dissuader. Mais non. Au contraire, c'était comme si elle s'attendait à ce qu'il lui demande la permission de s'en aller. Comme si elle espérait qu'il irait en Europe, se procurerait un travail et enverrait de l'argent à sa famille restée au Ghana, à l'image de son cousin. Et du fils du voisin. Et du fils au bout de la rue.

Sa mère était dans la cuisine, le corps maigre mais musclé par le travail aux champs et les allers et retours incessants pour aller chercher l'eau au puits. Samuel, assis, nettoyait des ignames pendant qu'elle était debout devant la cuisinière.

— Maman ?

— Oui ?

Elle ne tourna pas la tête, mais continua à mélanger les aliments dans la casserole pour le riz jollof. Un plat traditionnel ghanéen à base de tomate, de riz et de poisson.

— J'ai pris une décision, dit Samuel.

— Ah bon ?

— Je veux partir.

Cette fois, elle se retourna, cessant de remuer la cuillère dans la casserole. Une étincelle jaillit de la cuisinière et elle l'éteignit, pieds nus.

— Où ça ?

— En Europe.

Elle inspira profondément et revint à sa casserole.

— Tu en es sûr ? s'enquit-elle à voix basse.

Samuel hocha la tête.

— Alors je vais t'aider, mon garçon.

Elle n'avait pas les moyens de le garder à la maison. Pas avec trois frères et sœurs plus jeunes et un mari qui avait été déclaré inapte au travail sur la plantation de cacao. Aussi loin que Samuel s'en souvienne, son père avait travaillé sur la plantation à l'extérieur de la ville. Il avait récolté le cacao sous un soleil de plomb, six jours par semaine, sans jamais se plaindre. Un jour, il était rentré chez lui plusieurs heures en retard. Il s'était gravement coupé au bras avec la machette et avait dû aller voir un médecin pour se faire poser un bandage. La blessure avait fini par cicatriser, mais il ne pouvait plus utiliser son bras comme avant et la famille avait perdu sa principale source de revenus.

Après quelques mois, Samuel était parti pour la capitale et avait travaillé là-bas comme vendeur des rues. Il profitait des arrêts aux feux rouges pour vendre aux automobilistes des peignes, des stylos et des cigarettes. Cette activité lui permettait tout juste de s'en sortir, mais rien de plus. La vie était beaucoup trop difficile. Les garçons comme lui vivaient dans des cabanons, à deux ou trois, et dormaient sur des bouts de carton avec des couvertures sales. Samuel avait mal dans tout le corps quand il se réveillait. Toute la journée, il marchait dans les rues et se disputait les meilleurs carrefours avec les autres. Ceux qui étaient les plus forts ou qui étaient là depuis longtemps avaient la priorité. Les derniers arrivés, comme Samuel, récupéraient les rues où il y avait moins de circulation. Il travaillait parfois dix heures d'affilée en vendant trois fois rien. Le ventre presque vide. Au bout d'un an, il avait quitté Accra et avait trouvé du travail dans une ferme d'élevage de poulets qui appartenait à un lointain parent. Il était resté là quelques mois, avait mis un peu d'argent de côté avant de devoir partir : les propriétaires n'arrivaient plus à vendre leurs volailles à cause de la concurrence des élevages occidentaux.

Samuel emporta son argent et rentra dans la modeste maison où il avait grandi. Après quelques jours, il prit le bus pour aller dans un café où il savait qu'une de ses anciennes connaissances avait ses habitudes. Un petit escroc qui fabriquait de faux passeports. Il pouvait tout arranger, disait l'homme. Une nouvelle identité et une place à bord d'un camion qui allait jusqu'au Sahara. C'est comme ça que son cousin avait voyagé. Il avait ensuite traversé une grande partie du Sahara à pied, avait pris le bateau pour l'Italie et, pour finir, il avait obtenu une autorisation de séjour en Suède, un des pays les plus riches du monde. « Les gens qui sont pauvres ici seraient comme des rois chez nous », écrivait-il dans une de ses lettres. À présent, c'était au tour de Samuel. Il ouvrit son portefeuille et paya. Cela correspondait à presque tout ce qu'il avait gagné l'an dernier. Puis il rentra et annonça sa décision à sa mère, qui était dans la cuisine et préparait le repas.

Il se leva et s'approcha d'elle pour l'embrasser sur la joue.

— Merci, maman.

De sa main libre, elle lui caressa la nuque. Il se dégagea doucement.

— Je t'aiderai avec l'argent, dit-elle, et elle alla chercher une petite boîte en carton dans la chambre à coucher. Elle l'ouvrit et en sortit une liasse de dollars. Une grosse liasse. Samuel la regarda, étonné.

— C'est tout l'argent que ton père et moi avons économisé ces dernières années, déclara-t-elle sur un ton grave. Pour assurer nos vieux jours, et pour vous aider quand vous partiriez de la maison.

— Mais enfin, maman ! commença Samuel.

Il ne voulait pas prendre cet argent. Sa mère se contenta de secouer la tête.

— Crois-moi, Samuel. Tu en auras besoin. Tu me rembourseras quand tu pourras.

Elle avait raison. Il en aurait besoin, mais il les lui rendrait. Il lui rembourserait le double ou le triple, du moment qu'il arrive de l'autre côté de la mer. En Europe.

*

Samuel quitta la maison tôt le lendemain matin. Le soleil se levait sur la ville. Un camion transportant des chèvres passa devant lui. Avant de bifurquer au coin de la rue, il se retourna pour voir sa maison d'enfance une dernière fois. Soudain, il prit conscience de la gravité de son projet : peut-être ne reviendrait-il jamais, peut-être ne reverrait-il jamais ses amis ou sa famille, peut-être était-ce la dernière fois qu'il les avait vus, et il ne leur avait pas vraiment dit adieu... Mais il se réjouissait aussi. Enfin, il allait quitter cette pauvreté, quitter cette vie où il manquait toujours quelque chose, et rejoindre un pays où il était possible de se construire un avenir. Un endroit où l'on pouvait se procurer un travail correct et payé. Un endroit où vivre. Une vie. Il reviendrait au pays plus tard, dans quelques années, après avoir gagné plein d'argent. Il fallait voir les choses sous cet angle. Quelques années, et il pourrait revenir ici pendant les vacances. Il inspira profondément. Puis il fit volte-face et continua son chemin.

Plusieurs personnes attendaient déjà dans le café quand il poussa la porte. La tension était palpable. Des visages qui espéraient des jours meilleurs. Il les salua. Il y avait deux garçons d'une vingtaine d'années et un homme de six ou sept ans plus âgé qu'eux, visiblement nerveux. Un homme avec femme et enfants entra peu après lui — un garçon et une fillette de dix ou douze ans. Enfin, le camion qui venait les chercher arriva : une fourgonnette Toyota rouillée qui, autrefois, avait été verte. Ils s'assirent sur les banquettes arrière et partirent, abandonnant tout derrière eux. La ville. La famille. Les amis. Bientôt les maisons disparurent et cédèrent la place à des champs. Des bœufs qui paissent. Un tracteur rouillé. Après avoir été brinquebalés toute la journée, ils atteignirent la frontière du Burkina Faso. Ils montrèrent leurs passeports aux soldats et indiquèrent leur destination. Les croyaient-ils vraiment ? Sans doute pas. Mais les gardes les laissèrent passer. Peut-être par charité, parce que les gardes savaient les semaines, voire les mois qui les attendaient. Samuel, lui, n'en avait pas la moindre idée. Serait-il parti s'il avait su tout ce qu'il allait devoir affronter ? Peut-être que oui, maintenant qu'ils étaient presque arrivés à terre. Mais durant les dernières journées en mer, il avait amèrement regretté sa décision. Il avait regretté et attendu la mort.

5

La tête sous l'eau

Émilie parcourait la plage en long et en large. Comme s'il pouvait y avoir quelque chose entre les rochers, le sable et la barrière qui pourrait l'aider. Devait-elle nager jusqu'à eux? Courir chercher de l'aide? Appeler la police? Mais si on les mettait en prison ou les renvoyait chez eux? N'était-ce pas ce que son père venait de lire dans le journal? Que ces gens risquaient le tout pour le tout pour rejoindre l'Europe, oui, au péril de leur vie, et étaient pour la plupart renvoyés chez eux, retombant dans la même misère qui les avait fait partir?

Elle regarda de nouveau la mer. Le soleil brillait si fort qu'elle dut mettre sa main en visière pour apercevoir le bateau. Il y avait des gens à bord, serrés comme des sardines, certains assis, d'autres couchés. Quelques-uns avaient un bras qui pendait au-dessus du bord. Elle essaya de les compter. Ils étaient au moins cinq. Peut-être dix. Peut-être davantage.

Certains étaient-ils déjà morts? Elle se débarrassa de ses chaussures, enleva son tee-shirt et ses leggings noirs.

Elle n'était plus qu'en bikini. Le garçon qui se tenait le plus à l'avant mit la tête sous l'eau et remonta une corde qui était attachée à un anneau sur la coque.

— Hé ! cria-t-il en jetant la corde vers le rivage, qui tournoya dans les airs avant de couler à seulement quatre ou cinq mètres du bateau.

Un autre homme un peu plus âgé s'installa à côté de lui. Un enfant s'agrippait fermement au bord avec ses petites mains potelées. Émilie commença à patauger dans leur direction. Elle sentit les vagues autour de ses chevilles et le sable rugueux sous la plante de ses pieds, sans quitter des yeux le bateau au loin. Le garçon qui l'avait appelée se pencha pour récupérer la corde, mais il ne pouvait pas atteindre l'anneau. Elle avait de l'eau jusqu'à la taille et, au moment où elle allait se mettre à nager, elle le vit enjamber le bord du bateau. Elle ouvrit la bouche pour lui crier d'attendre, elle allait venir et prendre la corde, mais, avant qu'elle ait eu le temps de dire quoi que ce soit, il avait sauté dans l'eau. Un gros *plouf*, et puis sa tête réapparut. Le garçon saisit la corde avec une main. Il avait apparemment l'intention de gagner la côte, mais il était trop épuisé pour y parvenir. Sa tête coula un moment avant de remonter. Émilie nageait le plus vite possible. Elle vit qu'il buvait la tasse et recrachait l'eau, qu'il clignait fort des paupières et la cherchait des yeux. Son regard n'était pas désespéré, mais concentré. Étonné.

Elle n'était qu'à quelques mètres de lui quand il coula de nouveau. Oui, seulement à quelques mètres, quand sa tête disparut dans la mer.

6

La dernière ville avant le Sahara

Samuel traversa la frontière du Mali. Heure après heure, ils restaient entassés à l'arrière du camion, sur des routes poussiéreuses pleines de nids-de-poule. Les habitations se faisaient de plus en plus rares. À la fin, il n'y avait plus que le désert. Rien que du sable, des cailloux et des buissons épars à perte de vue. Le troisième soir, ils atteignirent Gao, le dernier poste avant le Sahara et un point de rencontre pour tous les réfugiés du Sud.

Les rues et les cafés étaient remplis d'hommes et de femmes en chemin pour quitter l'Afrique. Certains avec des enfants, d'autres tout seuls. Assis dans des cafés ou à l'ombre le long des façades des maisons, ils attendaient de pouvoir poursuivre leur voyage. Certains avaient dépensé tout leur argent en route et ne pouvaient pas aller plus loin, d'autres repartaient dès le lendemain.

Samuel trouva un endroit où manger. Un café près de la route principale, avec des tables en bois, des chaises et un ventilateur hors d'usage au plafond. Il n'y avait plus une seule place libre aux tables, alors il s'assit sur un des hauts tabourets au bar. À côté de lui se trouvait un homme d'une trentaine d'années, la tête penchée au-dessus d'une bouteille de bière. Son regard était sombre, comme deux lampes abîmées. L'homme souleva la bouteille et se versa les dernières gouttes avant de tourner la tête vers Samuel.

— Tu as vraiment bien réfléchi ? demanda-t-il en pointant son doigt vers le mur.

Vers le Sahara juste derrière.

— Tu pars aussi ? l'interrogea Samuel.

L'homme hocha la tête et tendit la main pour se présenter.

— Daniel. De Côte d'Ivoire. Si tu m'offres une bière, je te parlerai du Sahara.

Samuel hésita une seconde puis commanda une bière pour l'homme et une boisson gazeuse pour lui-même. Daniel but une grande gorgée avant de commencer son récit.

Il avait essayé de traverser le Sahara la semaine dernière, raconta-t-il. Ils étaient un groupe de dix personnes. Ils avaient d'abord pris une voiture, puis avaient continué à pied. La chaleur était insoutenable.

Ils avaient dû abandonner en route un garçon plus jeune qui était épuisé. Rien n'indiquait qu'il pourrait survivre. Pourtant ils avaient poursuivi leur chemin. Ils s'étaient dit que c'était lui ou eux.

— C'est ça, dit-il, la cruauté du Sahara. Il t'enlève tout ce que tu croyais être toi. À la fin, tu n'es plus que fournaise. Plus que désert.

L'histoire de Daniel.
La version amusante, avec les images d'un jeu vidéo.

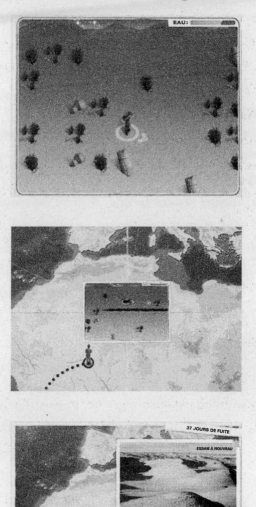

— *Et toi, alors ? demanda Samuel.*

— *Après deux semaines, on est arrivés de l'autre côté, mais on s'est fait cueillir par la police et on a été renvoyés à Gao. Et me voilà revenu à la case départ.*

— *Qu'est-ce que tu vas faire maintenant ?*

Daniel haussa les épaules et répondit que la police, par chance, n'avait pas découvert tout son argent et qu'il allait faire une nouvelle tentative. Samuel se représenta la scène : avoir traversé le Sahara, tout risqué, et puis être ramené en voiture à son point de départ. C'était inhumain. Daniel commanda encore une bière, mais Samuel secoua la tête. Il avait besoin de tout son argent, s'il voulait avoir une chance de parvenir à destination. Il se leva de son tabouret et, après avoir souhaité bonne chance à l'homme, il sortit par la porte arrière du café. Là, il contempla le désert. Le Sahara. Des buissons çà et là, et des pierres. Des dunes de sable à l'horizon. Demain, c'était à son tour. Il ne pouvait pas revenir en arrière.

**L'histoire de Daniel.
La version réaliste avec les vraies photos.**

7

Émilie et Samuel

Émilie avait vu le garçon dans le bateau se laisser glisser par-dessus bord pour attraper la corde. Elle l'avait vu faire des moulinets avec les bras, rejeter la tête en arrière pour garder la bouche et le nez hors de l'eau. Elle s'était jetée en avant pour le rejoindre à la nage et elle avait vu la tête du jeune homme s'enfoncer sous l'eau et disparaître. À présent, l'eau était toute calme. Pas le moindre remous à l'endroit où la tête avait disparu. Vide. L'homme un peu plus âgé se cramponnait toujours au bord du bateau. Émilie nageait aussi vite qu'elle pouvait. Actionnait bras et jambes avec toute l'énergie dont elle était capable. Quelques secondes s'écoulèrent et, soudain, le garçon réapparut juste devant elle pour prendre de l'air. Émilie lui passa un bras autour du ventre et trouva une prise sous son tee-shirt.

— Ça y est, je te tiens, dit-elle.

Il s'agrippa à son avant-bras et toussa plusieurs fois pour recracher l'eau qu'il avait avalée, tandis qu'Émilie battait des pieds pour ne pas couler avec lui.

— Je vais t'aider à rejoindre le rivage, poursuivit-elle.

Et elle se mit à nager en arrière vers la plage. Ils avaient fait cet exercice en cours de sport, quelques semaines plus tôt, dans la piscine. Il s'agissait de nager avec une poupée entre les jambes. Sauf que, là, ce n'était pas une poupée. Le tee-shirt glissait et elle sentit la peau du garçon contre son ventre et sa tête tout contre la sienne. Après avoir nagé un moment, Émilie voulut voir si elle avait pied et elle perçut le fond sableux. Elle le tint par la taille tandis qu'il posait les pieds à son tour. D'abord l'un puis l'autre. Il avait de l'eau jusqu'au ventre. Ensuite ils commencèrent à marcher vers le rivage. Il semblait avoir retrouvé des forces, mais Émilie dut malgré tout le soutenir jusqu'à la plage. Les vagues leur léchaient les chevilles. Elle l'aida à s'asseoir dans le sable et s'agenouilla devant lui. Il avait une peau dorée qui brillait au soleil et ses yeux sombres avaient un étrange éclat.

— Merci beaucoup, dit-il en anglais en prenant sa main. Merci beaucoup.

— De rien, murmura Émilie en se rendant compte que c'était vraiment une réponse idiote.

Elle regarda la main du jeune homme qui tenait la sienne. Il avait dû sentir qu'elle ne trouvait pas ça naturel, car il la lâcha aussitôt.

— Tu… viens d'où ? demanda-t-elle.

— Du Ghana. Mais notre bateau est parti du Sénégal.

Émilie essaya de se représenter la carte de l'Afrique. Le Sénégal. La côte ouest.

— Comment t'appelles-tu ?

— Samuel.

— Moi, c'est Émilie. Vous êtes restés combien de temps en mer ?

Samuel prit une inspiration.

— Vingt jours, je crois. Peut-être plus.

Émilie se tourna vers le bateau. À présent, plusieurs visages l'observaient. Tout au fond, elle aperçut un bras qui pendait mollement par-dessus bord.

— Il y a des morts parmi vous ? l'interrogea-t-elle.

Samuel baissa la tête.

— Je ne sais pas, dit-il tout bas. Je ne sais pas.

8

Barcelone ou Barsakh

Il était prévu que Samuel et les autres réfugiés traversent à pied une grande partie du Sahara, avant d'être convoyés en bus jusqu'en Libye. Ils étaient censés présenter de faux passeports à la frontière, rester immobiles lors du contrôle des passagers du bus par les soldats et les chiens, pour enfin arriver à une ville côtière et un café où venaient les passeurs. Là, un homme les accompagnerait au port et au bateau qui les amènerait de l'autre côté de la Méditerranée, sur l'île italienne de Lampedusa.

Mais rien ne se déroula comme prévu.

La veille du jour où ils devaient quitter Gao, un homme frappa à leur porte. Il était débraillé. Il tira sur une cigarette avec filtre blanc et une fumée d'un gris bleuté s'échappa de ses lèvres.

— La Libye ? demanda-t-il à voix basse.

Pas besoin d'en dire plus.

Samuel fit oui de la tête. Plusieurs l'imitèrent. L'homme prit une nouvelle bouffée de cigarette et sortit une enveloppe d'un porte-document.

— Je peux vous montrer quelque chose ?

Samuel hocha de nouveau la tête, et l'inconnu s'approcha de son lit avant de vider le contenu de l'enveloppe. Il y avait des photographies, des coupures de presse et une carte.

— Regardez, dit-il en laissant tomber la cendre de sa cigarette sur le sol en béton. Voilà ce qui arrive à ceux qui parviennent là-bas. La plupart se font arrêter dès la frontière, mais, pour ceux qui la franchissent, c'est ce qui les attend.

La photo représentait une sorte de camp entouré d'une haute clôture avec des fils barbelés, ainsi que des gardes armés qui patrouillaient avec des chiens.

— C'est ici que s'arrête leur voyage. À Ceuta, une enclave espagnole en Afrique, tout au nord. Un avant-poste de l'Europe occidentale. Quant à ceux qui réussissent à passer à travers les contrôles en Libye et qui n'échouent pas à Ceuta, ils prennent un bateau. C'est bien ce que vous avez l'intention de faire, n'est-ce pas ?

Samuel et les autres réfugiés continuèrent de regarder les photos les unes après les autres. L'une d'elles montrait un petit bateau qui avait fait naufrage sur les côtes italiennes. Des policiers et des infirmiers de la Croix-Rouge portaient des cadavres sur la plage.

L'un des autres candidats au voyage s'approcha de Samuel pour lui arracher la coupure de presse des mains et la jeta sur le lit. Puis il s'adressa à l'inconnu d'une voix forte :

— Pourquoi tu es là, hein ? Qui t'a envoyé ?

— Personne, répondit l'homme calmement. Je voulais seulement vous mettre en garde.

— Tu veux qu'on fasse demi-tour, c'est ça ? Qu'on rentre chez nous ?

L'homme secoua la tête et sortit une autre cigarette de sa poche de pantalon.

— Non, je ne suis pas venu pour ça.

Il l'alluma avec un briquet orné de la photo d'une actrice blonde d'Alerte à Malibu. *Une femme en maillot de bain rouge, avec des seins absolument énormes.*

— Je suis ici pour vous montrer un autre chemin, reprit-il, un autre trajet.

— Par où ? poursuivit l'autre réfugié, sur un ton un peu moins agressif.

Le passeur pointa le doigt sur la carte.

— Ici.

Au début, ils crurent à une blague, car il avait placé son doigt en plein océan, mais ensuite ils aperçurent des taches juste à côté de son ongle : un petit archipel. Les îles Canaries. L'homme raconta combien de personnes avaient réussi à aller là-bas. Il leur parla de l'Espagne qui avait une politique d'ouverture à l'immigration, et des sept cent mille clandestins qui avaient obtenu une amnistie. Une autorisation de séjour.

La discussion s'engagea. Le groupe se divisa en deux. Certains voulaient continuer comme prévu — rejoindre l'Italie via la Libye —, mais la plupart se laissèrent convaincre de prendre un autre itinéraire et de tabler sur la route vers l'ouest, direction l'île de Gran Canaria. Ils devaient payer cet homme, bien sûr, mais c'était partout pareil. On ne les aidait pas par charité. C'était du business, un point c'est tout. L'argent épargné par des familles pauvres changea de main dans cette pièce. L'argent de ceux qui rêvaient d'une vie meilleure était remis entre les mains de ceux qui gagnaient de l'argent sur les rêves d'autrui. Des passeurs. Des hommes et des femmes qui vivaient cachés dans chaque ville, avec à leur disposition un réseau de machines à falsifier les documents, de camions et de petites embarcations.

Samuel repartit dès le lendemain à l'arrière d'un vieux pickup Toyota rouillé. Les heures défilèrent. Entassés les uns contre les autres, ils roulaient sur des routes où le sable s'était posé comme un voile sur le bitume, et finirent par atteindre une ville portuaire, à la nuit tombée. Le camion s'arrêta près du port et le chauffeur les pria de descendre. Ils allumèrent un feu au bord de l'eau, mangèrent ensemble et s'endormirent sur le sable, sous les étoiles.

Samuel fut réveillé par la lumière du soleil. Il se leva et étira ses mains vers le ciel. Quelques pêcheurs étaient déjà debout et préparaient leurs bateaux et leurs filets pour une nouvelle journée en mer. À côté se trouvaient les embarcations qui devaient les emmener. Samuel avait reçu l'ordre d'attendre sur la plage jusqu'à ce que les propriétaires arrivent. Puis il devait payer une certaine somme pour le voyage et donner un numéro de téléphone. On les rappellerait quand ils seraient assez nombreux pour que le voyage soit rentable. En règle générale, il fallait être environ soixante-dix. Sur les bateaux plus petits, ils étaient moins. Une vingtaine.

Les embarcations étaient sur la plage, l'avant pointant vers les vagues qui déferlaient sur le sable. Quelque part là-bas, il y avait Gran Canaria, songea Samuel, en marchant pieds nus au bord de l'eau. Quelque part là-bas, derrière l'horizon, l'attendait la promesse d'une vie meilleure. Il tâta sa poche. Le voyage en bateau avait coûté plus cher que prévu. Il ne lui restait plus que cinquante dollars. Avec ça, il ne tiendrait que quelques jours, une fois arrivé, mais on l'aiderait sûrement au début. Et, aussitôt qu'il se procurerait un travail, tout s'arrangerait.

Il s'approcha du port où se trouvaient les bateaux plus grands, avec un large môle tout autour et un mur en béton pour les protéger des vagues. Un homme peignait quelque chose sur le mur : un bateau rouge avec des silhouettes à l'intérieur. Certaines étaient passées par-dessus bord et coulaient à pic. Plus loin flottait le drapeau espagnol. Au-dessus du bateau, le mot BARSAKH était écrit en lettres capitales.

Samuel s'approcha du peintre des rues et l'observa tandis que son pinceau courait sur le mur. Du rouge vif pour le bateau. Dans l'autre main, il tenait un pinceau trempé dans de la peinture noire. Les deux hommes se saluèrent rapidement. Samuel montra du doigt l'inscription : BARSAKH.

— Qu'est-ce que ça signifie ? demanda-t-il tout bas.

L'homme le regarda. Il paraissait heureux qu'on s'intéresse à son travail.

— Tu n'es donc pas musulman ? s'étonna-t-il avec un sourire.

Samuel fit non de la tête.

— Dans l'islam, Barsakh correspond à une sorte de stade intermédiaire après la mort, expliqua-t-il. Un endroit où l'on séjourne, dans l'attente du jugement dernier.

Samuel acquiesça. Ces mots lui rappelèrent une discussion avec des amis d'enfance musulmans. Lui-même avait grandi dans une famille chrétienne, comme la plupart des Ghanéens. Au Sénégal, c'était différent : les gens étaient pour la plupart musulmans.

— Il y a un chanteur de rap cette année qui parle de ça, poursuivit le peintre. Tu l'as entendu ?

Samuel répondit que non.

— « Barcelone ou Barsakh », se mit-il à chanter. Barcelone ou la mort. C'est le slogan de beaucoup de ceux qui partent d'ici.

D'un mouvement de tête, il indiqua la ville et toutes les maisons délabrées. Samuel leva les yeux vers la peinture murale et sur les gens qui étaient tombés du bateau. Certains d'entre eux, clairement, n'atteindraient jamais leur destination.

— Qu'est-ce qui arrive à ceux qui réussissent à passer de l'autre côté ? demanda Samuel. Ils s'en sortent ?

L'homme eut un faible sourire, les yeux dissimulés derrière ses lunettes de soleil.

— C'est toute la question… Ils débarquent aux îles Canaries et, si pendant quarante jours ils parviennent à taire leur nom et leur pays d'origine, on n'a plus le droit de les renvoyer chez eux.

— C'est vrai ?

— Quoi ?

— Il suffit d'attendre quarante jours ?

— Oui. C'est pourquoi il y en a tant qui veulent partir aux Canaries, répondit l'artiste en allumant une cigarette.

— Et les autres, alors ? voulut savoir Samuel.

L'homme haussa les épaules.

— Certains sont renvoyés chez eux. D'autres travaillent clandestinement, en tant qu'immigrants illégaux, dans les rues d'Espagne et d'Italie. Et il y en a qui obtiennent une autorisation de séjour.

Il comprenait naturellement pourquoi Samuel était venu ici, sur cette plage : pour prendre le large. Il y eut quelques secondes de silence, le temps pour l'homme de retoucher une ligne hachurée le long du bateau. Samuel rompit le silence :

— Et toi ? Tu as l'intention de partir ?

L'homme trempa son pinceau dans le pot de peinture avant de répondre, tout en continuant à peindre.

— Non. Je ne suis pas sûr de croire en une autre vie que celle que j'ai.

Fin de la conversation. Samuel poursuivit sa promenade dans le port.

Les bateaux s'alignaient le long de la plage. Un homme se lavait les mains au bord de l'eau. Le soleil étincelait à la surface de la mer, il allait bientôt se coucher, quelque part à l'ouest.

*

Le soir même, Samuel discuta avec des habitants de cette petite ville. L'un d'eux avait déjà essayé de traverser l'océan, mais il avait rencontré les autorités espagnoles du port et avait été renvoyé ici après avoir passé trois mois dans un camp, sur une île qui s'appelait Tenerife. L'homme raconta que, devant l'afflux de réfugiés, on avait durci les règles. Tout était devenu plus difficile. Plusieurs personnes s'étaient rapprochées pour mieux écouter son récit. Tous paraissaient connaître quelqu'un qui était parti. L'un d'eux avait perdu son frère en mer ; un autre, un jeune homme, s'était lancé, mais avait dû faire demi-tour au bout d'une semaine à cause du mauvais temps. Samuel sentit son ventre se nouer. Il ne pouvait pas se permettre d'avoir peur. C'était trop tard pour reculer et la peur n'aidait en rien. Il regarda le jeune homme qui avait essayé de rejoindre les îles Canaries et lui demanda ce qu'il comptait faire à présent. Celui-ci se gratta la joue et contempla l'océan avant de répondre.

— Je tenterai de nouveau ma chance. Aussi longtemps que je vivrai, je tenterai de nouveau ma chance.

9

Les réfugiés

Émilie s'agenouilla dans le sable, face à Samuel. Il était pieds nus, portait un jean trempé et un tee-shirt marron avec une publicité pour un opérateur de téléphonie mobile. Elle jeta de nouveau un œil vers le bateau. Que ferait-elle s'il y avait des morts à bord ?

— J'appelle les secours ? demanda-t-elle tout doucement. Ou la police ?

Samuel la fixa, terrifié, et secoua la tête.

— Non ! Pas la police, pas la police, murmura-t-il.

Émilie lui prit la main et le regarda droit dans les yeux.

— OK. Attends ici, finit-elle par dire avant de se lever et d'aller vers la mer.

Les vagues lui éclaboussèrent les jambes et les cuisses jusqu'à ce qu'elle puisse se mettre à nager. Direction le bateau.

10

La liste des passagers

Il n'y avait pas de billets. Pas de fichier informatique avec les noms et les dates de naissance des passagers. Rien que des noms gribouillés sur des bouts de papier dans le bureau de l'homme qui possédait le bateau sur lequel ils allaient voyager. Si quelqu'un s'était donné la peine de noter un minimum d'informations sur chacun — nom, sexe, âge, pays —, voici à quoi aurait ressemblé cette liste :

Samuel, garçon, 17 ans, Ghana
Ibrahim, garçon, 17 ans, Bénin
Esowa, homme, 22 ans, Bénin
Souleymane, homme, 32 ans, Côte d'Ivoire
Abdoulaye, garçon, 19 ans, Sénégal
Abou, homme, 21 ans, Sénégal
Malick, homme, 27 ans, Sénégal
Amadou, homme, 21 ans, Sénégal
Oumar, garçon, 16 ans, Sénégal
Djibi, homme, 24 ans, Sénégal

Ousseynou, homme, 21 ans, Sénégal
Alassane, garçon, 19 ans, Sénégal
Ndeye, fille, 17 ans, Sénégal
Djeneba et Ousmane, femme, 23 ans, et garçon, 15 mois, Mali
Youssuf, garçon, 19 ans, Mali
Moussa, garçon, 18 ans, Mali
Traoré, homme, 20 ans, Mali
Zakaria, homme, 38 ans, Togo
David, garçon, 15 ans, Togo
Yacouba, garçon, 19 ans, Guinée-Bissau

Des bateaux se préparent
à partir en cet instant même

11

L'océan

Il était encore très tôt. Le soleil rasait la plage. Les chèvres, déjà debout, se baladaient un peu partout sur leurs frêles pattes. Quelques personnes s'étaient regroupées près d'un des bateaux. Des femmes, un nourrisson et de jeunes hommes. L'un d'eux était Samuel. Le bateau autour duquel ils s'étaient attroupés était peint en jaune, vert et rouge. Son nom était écrit sur le flanc. Un nom sénégalais que Samuel ne comprenait pas. Le bateau fut poussé à l'eau et les réfugiés grimpèrent à bord. Vingt-et-un en tout, serrés comme des sardines. Sans toit, sans gilet de sauvetage, sans GPS ni carte maritime. Tous animés d'une seule et même volonté et d'une détresse assez grande pour espérer atteindre Gran Canaria. Tous venaient des pays voisins, du Bénin, du Sénégal, du Ghana. À présent, ils quittaient le continent où leurs ancêtres avaient vécu depuis l'origine de l'humanité. Ils retroussèrent le bas de leurs pantalons et montèrent dans le bateau. Prirent les bidons d'eau et les boîtes de conserve, et placèrent les provisions au fond du bateau, à côté des jerricanes d'essence. Quand tout fut chargé, ils dégagèrent le bateau du sable et le poussèrent dans l'eau. Le bruit du moteur déchira l'air et l'odeur d'essence flotta à la surface de l'eau. Puis ils partirent en direction du large, fendant le sommet des vagues qui déferlaient sur le rivage. L'atmosphère dans le bateau était pleine d'espoir. Presque gaie.

— Barcelone ou Barsakh ! s'écria Abdoulaye, un des plus jeunes Sénégalais, en levant un bras en l'air.

D'autres l'imitèrent.

— Barcelone ou Barsakh ! reprirent-ils en chœur.

Ousmane, l'enfant d'un an qui venait du Mali, leva aussi un bras en l'air.

— Bassat ! s'exclama-t-il.

Sa mère le fit taire et le prit sur ses genoux. Quelques garçons rirent et Samuel nota qu'un des passagers plus silencieux secouait la tête en les observant. Il s'appelait Esowa, avait vingt-deux ans et venait du Bénin. Samuel l'avait tout de suite repéré. Il avait remarqué son regard perçant. Son silence. Lui aussi devait avoir peur du voyage. Samuel se retourna et vit les maisons devenir de plus en plus petites. Enfin, pensa-t-il. Enfin, il avait pris la mer. C'était la dernière partie du voyage. Bientôt, il débarquerait en Europe, se disait-il tandis que le bateau chevauchait les premières grosses vagues à la sortie du port. Bientôt, il serait à Madrid ou Barcelone, il se trouverait du travail dans un café ou comme vendeur, ou peut-être comme ouvrier dans le bâtiment. Ça ne serait pas comme dans son pays, où l'on pouvait trimer du matin au soir et gagner tout juste de quoi survivre. En Europe, il pourrait mettre de l'argent de côté et l'envoyer à la maison. Il pourrait louer un endroit convenable. Acheter de la nourriture qui lui ferait envie. Rencontrer une femme là-bas, une Ghanéenne, qui

sait ? Une femme avec qui faire des enfants, fonder une famille.
Et, quand les enfants grandiraient, il aurait de quoi leur offrir
une éducation que lui n'avait jamais pu avoir. Ses enfants n'auraient pas besoin de cultiver la terre, de ramasser les fèves de cacao
ou de porter des sacs de ciment. Bientôt, il serait arrivé de l'autre
côté. Dans cette autre vie. « Barcelone ou Barsakh ». Finalement,
les montagnes sombrèrent dans l'océan et disparurent, et il n'y
eut plus que de l'eau autour d'eux. Des vagues douces et le soleil
qui scintillait sur l'eau. Samuel ferma les yeux et tourna son
visage au soleil. Enfin.

*

Une nuée d'oiseaux les accompagna tout au long de la première journée. Les gens racontaient d'où ils venaient, pourquoi
ils quittaient leur village et les problèmes qu'ils avaient ren-
contrés en chemin. Le manque d'argent. La cupidité des passeurs.
Les gardes aux frontières. Seul Esowa se tenait à l'écart de ces
conversations et tournait le dos aux autres, le regard fixé vers
l'horizon.

Quand ils avaient faim, ils ouvraient une des boîtes de conserve
de viande ou de fruits et la faisaient circuler. Ceux qui devaient
aller aux toilettes s'asseyaient le plus discrètement possible sur le
plat-bord à l'arrière du bateau. La mer était calme et le bateau
montait et descendait au gré de la faible houle. Le ciel était bleu et
dégagé avec seulement quelques traînées de nuages tout au loin. Des
nuages aussi fins et transparents que la soie d'une robe de mariée
à la télévision. Un aperçu de la vie de l'autre côté de la mer.

Pendant un moment, un groupe de dauphins suivit le bateau, nageant sous la proue et jouant devant la coque. Plus tard, ils aperçurent un banc de poissons volants qui battaient l'air de leurs petites ailes, rasant la surface de l'eau avant de rencontrer une vague et de disparaître de nouveau.

Le soleil se coucha dans la mer et colora le ciel en jaune orangé, en rouge et en rose avant que l'obscurité recouvre tout. Ils se relayaient aux commandes du bateau. Tenaient le bâton en métal qui tremblait entre leurs doigts et le manœuvraient pour franchir les vagues, le regard fixé sur l'horizon. La lune s'éleva de l'océan et fit briller la crête des vagues, comme les toits en tôle ondulée des bidonvilles où tous avaient grandi. Et les étoiles ! Les étoiles scintillaient dans l'immensité noire de l'univers avec une force que Samuel n'avait encore jamais vue.

Ils étaient serrés les uns contre les autres, les genoux remontés sous leurs mentons. Ousmane, le petit garçon, pleura quelques minutes avant de s'endormir contre le sein de sa mère. Puis tout fut silencieux à bord. Samuel se réveilla et se rendormit plusieurs fois au cours de la nuit, tel un bout de bois ballotté par les vagues sur le rivage.

*

Le deuxième jour ressembla au premier. Ils commencèrent par parler de leurs rêves : l'endroit où ils souhaitaient vivre, le travail qu'ils avaient envie de faire. Le garçon à côté de Samuel avait lui aussi dix-sept ans. Il s'appelait Ibrahim et venait du Bénin, tout comme Esowa. Son rêve était d'aller dans une école à Gran Canaria et de travailler comme mécanicien auto. Il adorait les voitures, raconta-t-il, et là-bas, en Europe, il y avait les plus beaux modèles. Pas des épaves comme chez lui au Bénin, mais de vraies voitures : des Mercedes 320 coupé deux portes avec de larges pneumatiques, des Porsche, des Lamborghini.

Esowa le regarda avec un sourire méprisant, mais ne dit rien. Pourquoi réagissait-il ainsi ? se demanda Samuel. Il s'apprêtait à lui poser la question, mais en fut empêché par Ibrahim qui n'avait rien remarqué et continuait à lui parler de sa vie au Bénin. Pour gagner de quoi vivre, il faisait passer de l'essence en contrebande du Nigeria, sur sa mobylette. La différence de prix était telle que toute une industrie de petits trafiquants avait vu le jour, chargés comme des baudets et empruntant des sentiers poussiéreux. Un jour, sa mobylette avait rendu l'âme. Le moteur et la boîte de vitesses s'étaient cassés et il n'avait pas l'argent pour les réparer. Parallèlement, la concurrence s'était durcie. Alors sa famille lui avait suggéré d'aller plutôt tenter sa chance aux îles Canaries. Comme il avait moins de dix-huit ans, on serait obligé de l'admettre sur le territoire. Il tendit son passeport et montra du doigt sa date de naissance. Samuel sentit son cœur battre dans sa poitrine.

— Et pour ceux qui ont plus de dix-huit ans ? demanda-t-il. Je croyais qu'ils pouvaient rester, eux aussi.

— Seulement si on ne trouve pas comment tu t'appelles ni d'où tu viens, répondit Ibrahim. Les règles se sont durcies ces derniers temps, paraît-il, parce qu'on est de plus en plus nombreux à débarquer. Pourquoi, t'as quel âge ?

Samuel inspira profondément et sourit :

— J'aurai dix-huit ans dans deux semaines et demie.

Ibrahim rit et lui donna une tape sur l'épaule.

— Alors, c'est bon, tu passeras ric-rac.

Samuel hocha la tête.

— Espérons.

— Mais oui, t'en fais pas. Encore huit à dix jours et on sera arrivés.

Ils se turent. Samuel contempla l'océan. Juste devant lui, il y avait Souleymane, un homme silencieux qui avait une petite trentaine d'années, originaire de Côte d'Ivoire. Souleymane portait un débardeur noir qui soulignait son torse massif et mettait en valeur ses puissants biceps, fruit de dix années passées à récolter le cacao. Enfant, Samuel avait aussi travaillé dans une plantation de cacao pour rapporter un peu d'argent supplémentaire à la famille et il savait à quel point c'était dur. Son père n'en avait pas connu d'autre. Samuel et Souleymane évoquèrent les longues journées de labeur, les élancements dans les bras et les salaires désespérément bas. Si sa paie s'était réduite comme peau de chagrin ces dernières années, raconta Souleymane, c'était parce que le cours du cacao sur le marché international avait baissé jusqu'à devenir inférieur à ce qu'il était dans les années 80. Il ne pouvait plus continuer dans ces conditions. Et d'autres avaient pris le relais : des migrants du Mali et de Sierra Leone. Des enfants. Des gens qui étaient prêts à travailler pour trois fois rien.

— Alors je vais plutôt tenter ma chance là-bas, dit Souleymane en pointant le doigt vers l'avant.

Au même instant, les oiseaux qui les avaient accompagnés jusqu'ici changèrent de direction. Le dernier cri d'un petit oiseau gris, puis tout fut silencieux. Les réfugiés se retrouvèrent livrés à eux-mêmes. Vingt-et-une personnes, serrées les unes contre les autres, les jambes repliées contre leurs poitrines.

Les heures passèrent. Samuel se leva et étira ses bras et ses jambes autant que le permettait l'étroitesse de l'embarcation. Bientôt ce serait à son tour de tenir la barre. D'être assis à l'arrière avec ce tuyau tremblant dans la main, le regard vissé sur cette immensité bleue, vers ce monde qui se cachait quelque part derrière l'horizon.

*

Le troisième jour, ils parlèrent très peu. Les courbatures commençaient à se faire sentir à cause de leurs positions inconfortables et plusieurs échangeaient leurs places pour s'allonger à tour de rôle sur les genoux des uns et des autres. Seul Esowa restait assis dans son coin à fixer l'océan. Cet océan à la houle régulière. On entendait juste le bruit permanent du moteur.

*

Le quatrième jour, un immense porte-conteneurs passa à quelques centaines de mètres d'eux. C'était tôt le matin et la plupart dormait encore. Samuel se réveilla en sursaut au son de la sirène et jeta un œil par-dessus bord. Un mur orange en métal bouchait son champ de vision, de la surface de l'eau jusqu'aux nuages, tellement le bateau était gigantesque. Sur le pont s'empilaient des conteneurs de toutes les couleurs et un homme blanc regardait dans des jumelles. Les réfugiés lui firent de grands signes de bras tandis que les deux bateaux se croisaient. Rapidement, le porte-conteneurs disparut à l'horizon et ils se retrouvèrent à nouveau seuls sur l'océan. Les vagues. Les rayons du soleil qui se reflétaient dans l'eau le long de la coque.

Samuel commençait à avoir mal à la tête. Il tenait l'enfant de Djeneba, la femme du Mali, quand elle faisait ses besoins par-dessus bord. Le petit garçon s'endormait paisiblement contre sa poitrine et Samuel ressentait alors une inquiétude : qu'allait-il advenir d'eux ? Comme si l'enfant lui rappelait à quel point ils étaient vulnérables et n'avaient aucun contrôle sur ce qui pouvait leur arriver. Il chassait ces pensées de son esprit, penchait la tête et respirait l'odeur du petit garçon. C'était chaque fois la même odeur, comme chez ses frères et sœurs. Comme chez les enfants des voisins et de ses oncles et tantes. L'odeur de la peau propre et des cheveux doux et humides. L'odeur d'un nouveau départ.

*

Les cinquième, sixième et septième jours parurent comme une seule et longue journée. Samuel gravait une encoche dans le plat-bord pour chaque jour qui passait, grâce à un canif qu'il avait reçu de son frère. Ils se lavaient par-dessus bord et certains commencèrent à nettoyer leurs affaires dans l'eau de mer et mirent pantalons et tee-shirts à sécher au soleil. Ousmane avait des couches en tissu que sa mère changeait constamment, sans que cela serve à grand-chose. Les couches devenaient rigides à cause de l'eau de mer et irritait les cuisses de l'enfant.

*

Le huitième jour, une querelle éclata. Esowa trouvait que David buvait trop d'eau au détriment des autres. Les deux garçons finirent par se calmer, mais sans s'être mis d'accord. Ils se contentèrent de rester immobiles à regarder chacun dans une direction différente.

*

Le neuvième jour, ils furent à court d'essence. C'était l'après-midi, le soleil tapait dur, et ils s'étaient arrêtés pour remettre du carburant stocké dans les bidons, comme ils l'avaient fait chaque jour. Cette fois, c'était au tour d'Abou, un Sénégalais de vingt-et-un ans. Abou dévissa le bouchon du bidon et s'apprêtait à remplir le réservoir lorsqu'il remarqua la couleur du liquide. Ce n'était pas normal. Il approcha son nez de l'ouverture et sentit.

— Mais c'est de l'eau ! s'exclama-t-il sans en croire ses yeux.

Il y eut quelques secondes de silence. Souleymane enjamba les pieds les plus proches et s'assit près du moteur pour renifler à son tour. Abou avait raison. Ils ouvrirent un autre bidon, mais c'était la même chose : de l'eau, avec un faible relent d'essence et de plastique. Souleymane se passa lentement les mains sur le visage, du front jusqu'à la bouche. Puis il se pencha sur le dernier bidon d'essence. Les autres attendaient pleins d'espoir, tandis qu'il respirait l'odeur, mais il secoua la tête. Esowa donna un coup sur le moteur en poussant un juron en direction de l'océan. Ousmane prit peur et se mit à hurler, alors Esowa se calma. Quelques garçons commencèrent à discuter pour comprendre ce qui avait pu arriver. S'étaient-ils fait avoir ? Le propriétaire du bateau les avait-il dupés pour se faire encore plus d'argent ou bien était-ce tout bonnement une erreur? Peut-être qu'il avait calculé trop juste? Ou qu'il s'était trompé dans les bidons?

Les discussions allaient bon train et dans différentes langues. Ils finirent par aborder la question inéluctable : qu'allaient-ils faire, désormais? Quel espoir avaient-ils d'accoster un jour? Combien d'essence restait-il? Souleymane jeta un coup d'œil dans le réservoir.

— À peu près un demi-réservoir, dit-il.

De quoi tenir quelques heures s'ils conduisaient de manière régulière et pas trop vite. Samuel compta les encoches sur le rebord du bateau. Cela faisait neuf jours qu'ils étaient partis. Ils n'étaient plus qu'à un ou deux jours de leur destination, mais comment faire, sans moteur?

Souleymane revissa le bouchon du réservoir et déclara qu'ils n'avaient pas d'autre choix que d'avancer le plus loin possible. On verrait ensuite ce qu'on ferait. Il remit le moteur en marche. Le bateau démarra en faisant jaillir derrière lui une gerbe d'eau, une ligne blanche d'écume pareille aux traînées dans le ciel après le passage d'un avion.

Personne ne parlait. Personne ne racontait de blagues, ne fredonnait ni ne décrivait la vie qu'il avait chez lui. Assis en silence, tous attendaient le bruit qui, tôt ou tard, surgirait, ils le savaient. Le bruit d'un moteur qui s'arrête.

Cela se produisit tard le soir. D'abord il y eut de brefs toussotements, irréguliers, puis l'hélice se mit à tourner plus lentement. On entendit gronder le moteur lorsque les dernières gouttes d'essence passèrent dans le carburateur. Puis l'hélice s'immobilisa.

Le bateau continua de glisser sur l'eau avant de s'arrêter, lui aussi, et de dériver avec le courant. En silence.

— Qu'est-ce qu'on fait maintenant ? demanda Ibrahim.

La peur se lisait dans ses yeux.

Djeneba caressait doucement le dos de son petit garçon.

— Maintenant, nous sommes entre les mains de Dieu, dit-elle tout bas en se mettant à prier.

Plusieurs l'imitèrent. Certains priaient Dieu, d'autres Allah, d'autres des dieux dont presque plus personne ne se souvenait. La nuit tomba sur tous les corps tassés. L'obscurité et le silence.

*

Le dixième jour, ils dérivèrent lentement sur l'étendue bleue de la mer, sans avoir la moindre idée d'où le courant les portait. Avec de la malchance, ils seraient pris dans le grand système de vent qui souffle de l'extérieur de l'Afrique et traverse en biais l'océan Atlantique : les alizés. Auquel cas, ils atteindraient les Caraïbes dans quelques mois, lorsque tout le monde serait mort depuis longtemps. Mais ils n'avaient pas l'impression de dériver vers l'ouest. L'un des hommes plus âgés, un pêcheur sénégalais, se fiait aux étoiles et, selon lui, ils continuaient de garder le cap vers le nord.

Ils avaient la chance avec eux en cette saison, dit-il.

Les réfugiés économisèrent l'eau. Ils burent celle contenue dans les bidons d'essence, même si ça leur donnait mal à la tête.

*

Le treizième jour, la nourriture vint à manquer.

*

Le seizième jour, ils eurent leur premier mort : Zakaria. Un Togolais de trente-huit ans. Ce fut Traoré, le Malien de vingt ans, qui s'en aperçut le premier. Traoré secoua l'épaule de l'homme, mais sans résultat. Zakaria restait immobile, la bouche ouverte. Les lèvres sèches. En tee-shirt rouge. Ils prièrent pour lui et basculèrent son cadavre par-dessus bord. Djeneba prit soin de distraire Ousmane pendant ce temps-là en le tenant sur ses genoux et en jouant avec lui. Ils entendirent un gros plouf *derrière eux quand Zakaria tomba dans l'eau. Samuel se pencha. Le tee-shirt rouge coula doucement dans les profondeurs et disparut. Tenaillé par la faim, Samuel pensa un court instant qu'ils n'auraient pas dû jeter Zakaria par-dessus bord. Ils auraient mieux fait de le manger. Cette pensée le remplit d'une telle honte qu'il baissa la tête.*

Assis à côté de lui, Traoré pleurait sans bruit. Les larmes ruisselaient sur ses joues.

*

Le dix-septième jour, Samuel cessa de faire des encoches et jeta son canif à la mer. Il commençait à ne plus souffrir de la faim. Les jours précédents, celle-ci s'était faufilée comme un animal rongeant chaque partie de son corps, mais à présent on aurait dit qu'elle avait abandonné. Quand il entrouvrait les yeux, il ne voyait qu'un entremêlement de bras et de jambes. Et ça sentait mauvais. L'urine, la sueur, les excréments. Aucun d'eux n'avait plus le courage de se débarbouiller ou de laver ses vêtements. Ils restaient là, allongés dans les mêmes pantalons et les mêmes tee-shirts, jour après jour.

*

Le dix-huitième jour, une nouvelle dispute éclata au sujet de l'eau. Jusqu'ici, ils avaient toujours été d'accord pour que Djeneba ait plus d'eau que les autres, puisqu'elle allaitait. Esowa n'avait presque pas ouvert la bouche du voyage. Comme s'il n'avait rien qu'il souhaitait partager avec autrui. Soudain il rompit le silence et arracha le bidon d'eau des mains de Djeneba.

— Pourquoi elle aurait droit à plus d'eau que nous ? cria-t-il en le brandissant.

Son attitude était menaçante et son ton mettait ses compagnons au défi de lui tenir tête. Djeneba eut un geste de recul et serra son fils contre elle. Enfin Souleymane prit la parole.

— Elle doit avoir plus d'eau parce qu'elle allaite, répondit-il à voix basse, de manière parfaitement contrôlée.

— Oui, mais bon dieu ! Vous ne comprenez donc pas qu'il va mourir de toute façon ? poursuivit Esowa. Nous autres, nous avons encore une chance… mais lui ! C'est complètement idiot !

Les vagues continuaient à lécher la coque du bateau. Esowa tenait toujours le bidon d'eau. Le petit garçon était sur les genoux de sa mère. Souleymane ordonna à Esowa de s'asseoir, mais ce dernier resta debout, l'air mauvais. Samuel porta la main à la poche où son couteau se trouvait d'habitude et tâtonna quelques secondes avant de se rappeler qu'il l'avait jeté par-dessus bord. Ibrahim dit quelque chose en yoruba, une langue que seuls lui et Esowa comprenaient. Il essayait de le calmer, mais Souleymane reprit la parole.

— Bon, dit-il en haussant le ton pour que tout le monde l'entende. S'il y en a qui sont d'accord avec Esowa, qu'ils lèvent la main.

Deux Sénégalais levèrent la main en hésitant : Oumar et Djiby. Certains baissèrent la tête de honte, mais ils ne levèrent pas la main. Les autres ne firent aucun geste. Esowa se rassit.

— Dans ce cas, déclara Souleymane sur un ton tranchant, l'affaire est close. S'il y a d'autres contestataires, qu'ils viennent me trouver, c'est compris ?

Personne ne répondit.

— C'EST COMPRIS, OUI OU NON ?

Il criait à présent. Oumar fit oui de la tête, avant de s'affaisser à nouveau. Samuel avait senti son sang ne faire qu'un tour, mais avait réussi à se maîtriser. Certains reprirent de petites conversations. Il s'agissait de recouvrir ce qui venait de se passer. Esowa restait immobile, le dos tourné, tout à l'arrière du bateau. Les vagues se brisaient contre la coque. Enfin la nuit vint et jeta son voile sombre et silencieux sur tout.

*

Le lendemain, le dix-neuvième jour, ils trouvèrent Ibrahim mort. Souleymane et Esowa le firent passer par-dessus bord. C'était comme une trêve. Assis à côté, Samuel reçut des éclaboussures au visage quand le corps d'Ibrahim toucha l'eau. Il flotta quelques mètres, bercé par les vagues, puis commença à couler. D'abord les pieds, puis le haut du corps. Les bras. Pour finir, la tête. Samuel ne vit plus qu'une tache noire qui devint de plus en plus petite, avant de disparaître complètement. L'océan s'était refermé, était redevenu une surface bleue où jouaient les rayons du soleil. Samuel renversa la tête en arrière et somnola dans la chaleur. Les heures passèrent.

Puis il entendit quelque chose. De l'eau qui gicle. Des poissons volants bondissaient hors de l'eau, vraisemblablement effrayés par quelque chose. L'un d'eux atterrit dans le bateau, suivi de cinq autres qui volèrent par-dessus le plat-bord. Splatch ! Splatch ! Splatch ! Les poissons frétillaient en cherchant à respirer et en tendant de chaque côté les longues nageoires qui leur servaient d'ailes.

Les naufragés remercièrent Dieu et se partagèrent les poissons. C'était la première fois que Samuel mangeait du poisson cru. Cela n'avait pas aussi mauvais goût qu'il pensait. Ils avaient encore de l'eau, et autour d'eux s'étendait l'océan, toujours aussi paisible.

*

Le vingtième jour, Samuel eut dix-huit ans et il pleura pour la première fois, la nuit, quand personne ne pouvait le voir. Il sortit son passeport de sa poche et le jeta dans la mer. Le document flotta doucement à la surface et s'éloigna, éclairé un instant par la lune avant de sombrer dans l'eau noire. Ce n'était plus qu'une question de temps avant que tout ce qui restait de lui suive le même chemin...

*

Le vingt-deuxième jour, il en mourut encore quatre autres :
Abdoulaye, Oumar, Ndeye et Youssuf. On avait du mal à distin-
guer les vivants des morts, car tous avaient les yeux fermés. Tous
restaient immobiles, écrasés sous un soleil de plomb.

On ne s'en rendit compte que lorsqu'on fit circuler le bidon
d'eau. Aucun de ces quatre ne tendit la main pour le prendre.
Ils ne réagirent pas non plus quand on leur parla ou les secoua.
Les têtes et les bras pendaient mollement sur le côté. Souleymane
s'assura que leurs cœurs s'étaient arrêtés, avant de prier Samuel
de l'aider à les soulever par-dessus bord. Leurs corps étaient
lourds, leurs bras et leurs jambes ballants. Leurs visages étaient
lisses. Purs.

L'un après l'autre, ils s'enfoncèrent dans les profondeurs.
Sans discours. Sans la moindre parole à emmener pour le voyage.
Rien qu'une poussée. Rien que l'océan qui s'entrouvrait et avalait
leurs corps.

Abdoulaye

Si tu avais dû choisir un seul souvenir de la vie qui a été la
tienne, lequel aurais-tu pris ? Le sentiment de bonheur que tu
ressentais tout petit quand tu reposais contre ta mère ? Ou les
lèvres de ta première amoureuse, le parfum de son souffle contre
ton visage ? Ou simplement la chaleur du soleil sur ta peau dans
la cour devant ta maison ?

Oumar

Avec toi disparaît le souvenir d'une des balades en mer que
tu as faite, enfant, avec ton père pêcheur. Les ailes des oiseaux

qui battaient juste au-dessus de vous. Ta joie quand ça mordait.
La vision de ton père qui chantait tout en éviscérant le poisson.

Ndeye

Si de bons amis à toi devaient faire ton éloge funéraire, ils
évoqueraient ton sourire. Ton large sourire. Ils auraient parlé aussi
de ton rire contagieux, de ta joie quand tu avais l'occasion de
venir en ville et entrais dans un magasin de disques où tu écoutais
les nouveautés pendant des heures. Angélique Kidjo, Rokia Traoré,
Keane, Coldplay. Tu restais là, les yeux fermés, les mains autour
des écouteurs, un sourire jusqu'aux oreilles, tandis que ton corps
se balançait doucement.

Youssuf

Tes mains de jeune homme de dix-neuf ans sont déjà abîmées
par le labeur et le ciment sur les chantiers, et avec toi dispa-
raissent les souvenirs du soleil qui brillait à travers la poussière
de béton, le reflet du métal dans les grues, les longues pauses où
l'on mange en écoutant la radio.

*

Samuel s'allongea de nouveau. Quelque part parmi eux,
quelqu'un pleurait.

*

Lorsque le soleil se leva le vingt-troisième jour, ils furent de nouveau accueillis par une nuée d'oiseaux. C'était bon signe. Cela voulait dire qu'ils se rapprochaient de la terre ferme. Quelques heures plus tard, ils virent des nuages pour la première fois. Souleymane donna un coup d'épaule à Samuel et lui montra le long nuage, avec un sourire las.

— Tu sais ce que ça signifie ?

Samuel secoua la tête. Il ne connaissait rien à l'océan.

— Regarde la forme du nuage, poursuivit Souleymane. C'est typiquement le genre de formation nuageuse qu'on trouve au-dessus des îles. L'île qu'on cherche à atteindre doit faire à peu près cette taille.

Et il joignit le geste à la parole, pour montrer à Samuel ce qu'il entendait par là.

Quelques heures plus tard, ils distinguèrent en effet une bande noire, la terre, juste sous le nuage. Souleymane avait raison. L'île faisait quasiment la même taille. Comme un reflet.

*

Le vingt-quatrième jour, ils s'étaient tant rapprochés de la côte qu'ils pouvaient voir les vagues se briser contre les falaises. Samuel se redressa dans le bateau et regarda en direction de l'île. Un chemin carrossable. Une plage. Puis il l'aperçut. Une jeune fille blonde en tenue de sport, debout au bord de l'eau. Il leva les bras en l'air et fit de grands signes. Elle leva un bras à son tour, en hésitant. Samuel eut envie de rire. Ils avaient réussi ! Ils étaient arrivés !

Ils étaient enfin arrivés.

12

La maison vide

Émilie repartit à la nage. Quelques jeunes hommes, un petit enfant et une femme dans un vêtement ample et coloré regardaient par-dessus bord, silencieux. Émilie atteignit la corde, la passa autour de son poignet et se dirigea vers la rive. La corde paraissait assez longue pour qu'elle puisse s'approcher de la plage avant d'être obligée de tirer sur le bateau. Cela lui faciliterait la tâche. Car elle n'était pas sûre de pouvoir remorquer un aussi gros bateau et, dans ce cas, que ferait-elle alors ? Elle ne pouvait pas leur demander de nager, ils en étaient incapables. Elle n'aurait d'autre solution que de téléphoner pour avoir de l'aide. Elle n'aurait pas le choix.

La corde frottait le long de sa jambe quand elle nageait. Elle leva la tête. Samuel était maintenant debout près du rivage, et l'observait. D'autres personnes dans le bateau revenaient lentement à eux et jetaient un œil par-dessus bord. La corde se tendait de plus en plus et Émilie plongea la tête pour voir quelle était la profondeur de l'eau à cet endroit. Elle avait pied ! L'eau lui arrivait jusqu'aux épaules. Émilie saisit à deux mains la corde et commença à tirer. Mais elle eut beau y mettre toutes ses forces, le bateau bougea à peine. Il se tourna seulement un peu dans sa direction. Ses bras tremblaient. L'eau ruisselait de la corde et brillait au soleil. Enfin, le bateau se mit à glisser sur l'eau. Une fois en mouvement, ce fut beaucoup plus facile. Elle renversa le corps en arrière et tira, mètre par mètre, pour amener l'embarcation sur le rivage. En la voyant s'approcher de la plage, Samuel vint la rejoindre et unit ses forces aux siennes, jusqu'à ce que le bateau racle le fond et s'immobilise. La femme qui portait l'enfant se cramponnait au rebord avec son bras libre, tandis qu'un homme plus âgé se tenait à l'avant, prêt à sauter à terre. Émilie retourna vers eux, prit le bras de l'homme par-dessus son épaule et l'aida à sortir du bateau. Samuel tint la main de la femme avec l'enfant. Un à un, les réfugiés franchirent les dernières vagues et parvinrent jusqu'au rivage. Nombre d'entre eux sentaient terriblement mauvais et Émilie dut lutter contre la nausée. Puis ils s'assirent les uns à côté des autres sur le sable. Treize hommes de différents âges, une femme et un enfant d'environ un an. Tous étaient à bout de forces. Les paupières lourdes, les yeux voilés comme s'ils avaient vu quelque chose d'un autre monde. La femme essaya d'allaiter, mais le petit garçon se détourna de son sein et se mit à hurler. Elle regarda Émilie, toujours avec cette expression d'infinie lassitude dans les yeux.

— *Water*? demanda-t-elle. De l'eau…

La jeune fille hocha la tête et courut prendre son sac avec ses vêtements de rechange. Elle lui tendit sa bouteille de sport. La femme avala d'abord une gorgée, puis la porta à la bouche de l'enfant, qui vida la bouteille. Il fallait qu'Émilie aille en rechercher, et de la nourriture aussi. Ils devaient mourir de faim. Elle se tourna vers Samuel.

— Tu es sûr qu'il ne vaudrait pas mieux appeler la police ?

— Oui, ça va aller maintenant, répondit-il.

Certains acquiescèrent, mais la plupart gardèrent la tête basse. Ils le savaient bien, pensa Émilie, qu'ils seraient renvoyés chez eux si on les découvrait. Comment pouvaient-ils traverser l'océan au péril de leur vie en connaissant ce risque ?

— Nous avons seulement besoin d'un peu d'eau, dit Samuel.

Émilie réfléchit un instant, puis renfila son tee-shirt et ses leggings. Elle sentit le regard du jeune homme sur son corps. Il leur fallait aussi de la nourriture, mais la ville n'était pas tout près. Elle indiqua la maison abandonnée qu'on apercevait à peine de la plage.

— Vous pourrez aller jusque là-haut ?

Silence. Un oiseau de mer blanc passa au-dessus d'eux en battant des ailes et poussa un cri en repartant vers l'océan. Toujours ces yeux qui la scrutaient.

— On sera en sécurité ?

Émilie haussa les épaules. En sécurité ? Comment seraient-ils en sécurité ici quand les autorités faisaient le maximum pour les renvoyer d'où ils venaient ? Les renvoyer dans ces endroits qu'ils avaient voulu quitter au péril de leur vie ?

— En tout cas, la maison est vide…, répondit-elle.

Personne ne dit rien. Cela voulait sans doute signifier qu'ils n'avaient pas de meilleure idée. Ils se mirent donc en chemin. Émilie en tête. Suivie de Souleymane, qui aida la femme avec l'enfant à grimper le sentier raide jusqu'à la route en gravier. Émilie se retourna plusieurs fois pour voir comment ça allait, vérifier s'ils supportaient cet effort de plus.

— On est bientôt arrivés, les encouragea-t-elle.

Seul Samuel leva la tête et lui sourit. Ses compagnons étaient trop occupés à mettre un pas devant l'autre. Parvenue au sommet de la pente, elle aperçut de nouveau la maison et la montra du doigt.

— Il n'y a personne là-bas, c'est ça ? demanda Samuel.

Elle secoua la tête et dit que le propriétaire était absent. Mais comment pouvait-elle en être tout à fait sûre ? Et la poule qu'elle avait vue dans la cour ? Que feraient-ils si le pêcheur était déjà rentré ?

Émilie ouvrit le portail. La maison était silencieuse. Des murs de béton brut avec du ciment dans les joints. Un toit en tôle ondulée. Émilie frappa à la porte, mais rien ne se passa. Elle frappa encore une fois, histoire de s'assurer qu'il n'y avait personne. Le petit garçon, qui s'était endormi, bercé par le mouvement de la marche, se mit à crier. Sa mère le cajola pour le calmer. Un des hommes regarda la poule qui tournait dans sa cage. Émilie baissa la poignée. La porte n'était pas fermée à clé. Elle la poussa doucement et entra.

— Ohé ? Y a quelqu'un ? cria-t-elle en anglais.

Pas de réponse. Elle essaya aussi en espagnol :

— Hola… ?

Silence. Elle s'aventura dans l'entrée. Un sol en béton conduisait à une cuisine et à une salle de séjour. Des journaux pliés, des branches et des sacs plastiques traînaient ici et là. La cuisine comportait un banc sur lequel étaient alignées plusieurs bouteilles d'eau pleines, une petite table et une chaise en bois, une cuisinière avec une bonbonne de gaz orange, bien visible. Le plus âgé d'entre eux, un homme en débardeur noir avec une barbe courte et frisée, prit deux bouteilles, qu'il porta à la femme et son enfant. Puis chacun but à une bouteille. Émilie restait immobile, ne sachant que dire. L'homme en débardeur jeta un coup d'œil dans les placards.

— Samuel, dit-il. Tu peux regarder avec moi si on trouve quelque chose à manger ?

Émilie les aida. Le réfrigérateur était presque vide : rien que deux oranges et des oignons, dans le bac à légumes. Elle sortit les oranges et les tendit à la femme, qui commença à les peler. Les autres attendaient autour. Ils reçurent chacun un quartier d'orange et fermèrent les yeux tandis que leurs dents mordaient dans la pulpe.

Le premier goût de nourriture depuis tant de jours. Certains s'étaient affalés le long du mur et avaient la tête baissée. Épuisés.

Ils continuèrent à fouiller. Dans un placard d'angle, ils dénichèrent des boîtes de conserve. Des tomates, des poires et du jambon. C'était un bon début. Émilie chercha un ouvre-boîte dans les tiroirs, avant d'en voir un suspendu au mur. Samuel entreprit d'ouvrir la boîte de poires au sirop. Ses mains tremblaient, alors Émilie prit la relève. Deux des réfugiés l'entouraient et l'observaient avec des yeux désespérés. L'un d'eux lui arracha la conserve des mains dès qu'elle eut retiré le couvercle, mais l'homme en débardeur l'arrêta et lui demanda de s'asseoir. Il dit qu'il fallait partager. Émilie croisa le regard de l'autre homme quand il se retourna et alla rejoindre les autres. Un regard de haine. Mon Dieu, qu'est-ce qu'elle faisait là ? Était-elle en sécurité, au moins ? Elle fit attention à ne pas leur tourner le dos pendant qu'elle ouvrait d'autres boîtes. Samuel et l'homme en débardeur apportaient les conserves au fur et à mesure aux autres, qui se servaient et les faisaient passer. Beaucoup mangeaient avec les doigts plutôt que d'utiliser des fourchettes. Certains prenaient une demi-poire avec la main et se la fourraient telle quelle dans la bouche. Puis ils mâchaient avec application, tandis que le jus coulait entre leurs doigts. D'autres dégustaient doucement un morceau à la fois. L'un d'eux vomit rien qu'à l'odeur de la nourriture. Il n'avait pas la force de manger, dit-il. L'homme en débardeur alla chercher une cuillère et lui donna un peu de sirop, mais même ça il le vomit. Il ne pouvait encore rien avaler. Les musulmans ne touchèrent pas à la boîte de jambon. La femme nourrissait son fils avec une petite cuillère. Émilie les regardait, pétrifiée. Leur manière de manger. La misère criante. Elle ne se rendait même pas compte qu'elle les fixait jusqu'à ce que Samuel lui saisisse le bras et la fasse s'asseoir parmi eux. Il y avait une place entre lui et l'homme en débardeur noir. Le haut de son bikini était encore mouillé et faisait deux cercles sombres sur son tee-shirt à l'endroit de ses seins. Elle tira un peu sur celui-ci pour le décoller, prit la boîte de poires au sirop et la tendit à Samuel.

— Merci bien, dit-il en lui donnant une tape sur le genou.

L'homme en débardeur noir hocha la tête et lui fit un sourire chaleureux.

— Tu viens d'où ? l'interrogea-t-il.

— Moi ? lança Émilie. Je viens de Norvège.

Samuel avala un morceau de poire et prit la boîte de jambon. Il la proposa à Émilie pour qu'elle puisse se servir. Elle secoua la tête.

— La Norvège ? répéta Samuel. C'est en Suède ?

Émilie sourit.

— Non. La Norvège est un pays à part. C'est à côté de la Suède. Et toi, tu viens d'où ? demanda-t-elle à l'homme en débardeur.

Elle s'était tournée vers lui, mais sentait le regard de Samuel sur sa nuque.

— Je m'appelle Souleymane et je viens de la Côte d'Ivoire, répondit-il en attrapant un morceau de tomate en conserve. Les autres viennent du Sénégal, du Bénin, du Togo, du Mali.

Émilie hocha la tête, même si elle n'avait jamais entendu parler du Bénin ni du Togo. Samuel pointa le doigt sur les autres réfugiés et les nomma à tour de rôle. Traoré. Amadou. Ousseynou. Certains levaient les yeux et souriaient en entendant leur nom prononcé à haute voix. D'autres ne réagissaient pas, trop occupés à manger, ou à presser leur main contre leur ventre. Comme s'ils se retenaient de vomir. Émilie nota surtout dans un coin de sa tête les noms des deux garçons qui avaient essayé de lui arracher les boîtes de conserve : Esowa et David.

Ousmane, le bébé, dormait contre la poitrine de sa mère. Les conversations se faisaient en plusieurs langues. Français. Anglais. D'autres langues qu'Émilie ne comprenait pas. Elle regarda tous ces gens. Elle n'arrivait pas à comprendre qu'ils avaient réellement traversé l'océan dans ce bateau de fortune. Ils avaient dû être désespérés pour faire ça. Elle se tourna de nouveau vers Samuel.

— Samuel ?

— Oui ?

— Tu as dit que vous aviez passé plus de vingt jours en mer… ? Vous n'avez pas eu peur de partir dans un si petit bateau ?

— Si.

— Et vous êtes quand même partis ?

— On n'avait pas le choix.

— C'est si terrible que ça, là d'où tu viens ?

— Non, mais on ne trouve pas de travail. Il n'y a aucun avenir pour nous. C'est la même chose pour tous ceux qui sont ici. C'est pareil dans toute l'Afrique de l'Ouest.

— Comment ça ? insista Émilie.

— Les gens sont pauvres. Les boulots sont mal payés ou dangereux. Alors qu'ici…

Il écarta les bras pour joindre le geste à la parole.

— Ici en Europe…

Abou, un homme maigre d'une vingtaine d'années, assis à côté de Samuel, lui tendit la boîte de poires au sirop. Samuel la proposa à Émilie. Il ne restait plus qu'un morceau minuscule tout au fond.

— Non, merci, refusa Émilie. Tu en as plus besoin que moi.

Samuel acquiesça faiblement et Émilie crut remarquer qu'il jetait un regard à ses bras minces avant de prendre le dernier morceau.

— Sais-tu qui habite ici ? lui demanda-t-il.

Plusieurs interrompirent leurs conversations pour écouter sa réponse.

— Un pêcheur, je crois, l'informa Émilie. Il devrait être absent pendant quelques jours.

— Comment tu le sais ?

— J'ai rencontré un homme ici quand je faisais mon jogging. C'est lui qui me l'a dit.

— Tant mieux, fit Souleymane. Ça nous laisse un peu de temps.

— Qu'allez-vous faire maintenant ? s'enquit Émilie.

Samuel la regarda. Encore une fois, ce regard perçant. Émilie se sentit un peu mal à l'aise. Que voyait-il ?

— Eh bien, on va d'abord reprendre des forces, répondit Samuel à voix basse. Et puis…

À cet instant, son portable se mit à sonner. Émilie jeta un coup d'œil à l'écran. C'était son père. Il était cinq heures. Cela faisait plusieurs heures qu'elle était partie.

— Allô ? dit-elle en norvégien.

Les autres devinrent silencieux, cessant de mâcher et de faire du bruit avec leurs boîtes. Son père lui demanda où elle était passée.

— Ça va bien, répliqua-t-elle, même si ce n'était pas la réponse à sa question. Je suis tombée sur une plage et je me suis baignée.

C'était un demi-mensonge. Elle avait appris ça les années précédentes. Si l'on voulait mentir, il s'agissait de trouver quelque chose qui était aussi proche que possible de la vérité. Sinon, on était vite démasqué.

— Tu es loin ? l'interrogea son père. J'espère que tu n'as pas nagé au large, ça peut être dangereux quand…

Émilie l'interrompit :

— Mais non, papa. Je suis sur le chemin du retour. À tout à l'heure.

Elle raccrocha. Les autres la regardèrent et se remirent à manger.

— C'était ton père ? s'enquit Samuel.

Émilie fit oui de la tête.

— Il faut que je m'en aille maintenant, annonça-t-elle.

Samuel lui prit la main.

— Tu reviendras ? demanda-t-il en lui caressant la paume avec son pouce.

Son visage était si proche qu'elle pouvait sentir l'odeur de poire qui émanait de sa bouche. Son regard était sérieux, presque implorant.

— Oui, répondit-elle en se forçant à sourire. Je vais acheter plus de nourriture et puis je reviendrai. Je te le promets.

13

Nourriture, nuit

Émilie courut si vite pour rentrer qu'elle eut un goût de sang dans la bouche. Elle passa devant un petit supermarché à proximité d'un hôtel. Un magasin d'alimentation dont l'entrée était presque obstruée par des jouets de plage, des seaux et des pelles de couleurs vives, de grands matelas pneumatiques en forme de crocodiles et de dauphins. La nourriture était à l'intérieur. Différentes sortes de pains et tout ce qu'il faut pour faire de bons sandwiches, même du poulet. Mais elle n'avait pas d'argent sur elle. Dans la chambre d'hôtel se trouvaient cinquante euros avec lesquels elle pouvait s'acheter ce qu'elle voulait pendant les vacances, mais comment récupérer l'argent et ressortir sans éveiller les soupçons de ses parents ? C'était impossible. Mais elle ne pouvait pas non plus attendre la nuit pour se faufiler dehors. C'était dans trop longtemps. Vu leur état, il se pourrait très bien que des réfugiés meurent pendant son absence. Par exemple celui qui n'avait même pas eu la force de manger. Que faire ? Elle songea alors à l'hôtel d'à côté. Au buffet. Normalement cette seule pensée aurait dû la dégoûter. L'idée de la graisse aurait dû lui donner la nausée, mais à présent c'était différent. Le buffet était une chance inespérée. Si elle faisait semblant d'être une cliente, elle pourrait emporter de la nourriture. Mais pas assez pour quinze personnes... Elle se voyait mal entrer dans l'hôtel et remplir deux sacs en plastique entiers avec du riz et du poulet, des légumes grillés, des boulettes de viande à la sauce chili et des tranches de fruits frais. C'était impossible. Elle inspira profondément et continua à courir pour rejoindre l'hôtel où elle habitait.

Ses parents étaient déjà habillés pour sortir quand elle passa la porte. Sebastian, assis dans le canapé, était plongé dans un jeu vidéo. Son père la rejoignit.

— Tu as couru tout le tour de l'île ou quoi ? demanda-t-il en lui tapant sur l'épaule.

Émilie fit signe que oui. Elle était encore à bout de souffle.

— Deux fois, plaisanta-t-elle.

Son père eut un rire bref, tandis que sa mère s'approcha d'elle et lui prit la main, un geste qu'elle ne faisait jamais. Ils avaient dû se mettre d'accord pour ne pas l'enguirlander.

— Tu t'es absentée longtemps. On était inquiets, tu sais, dit sa mère.

— Désolée, s'excusa Émilie en dégageant sa main.

Son cœur et sa respiration commençaient à se calmer.

— On partait dîner, poursuivit son père pour changer de sujet.

Il n'insistait pas. Tant mieux.

— OK.

— Tu n'as qu'à prendre une douche rapide, suggéra-t-il gentiment, et on t'attend ici.

— Oh, ce n'est pas la peine, répondit-elle à son père en souriant, reconnaissante. Je viens de me baigner.

Elle fonça dans sa chambre. Il fallait absolument qu'elle retourne là-haut le plus vite possible. Retrouver Samuel et les autres. Elle enleva sa tenue de jogging et son bikini mouillé avant d'enfiler les premiers vêtements qui lui tombèrent sous la main. Elle prit son argent de poche et sortit, sans même se regarder dans la glace.

— Je suis prête, dit-elle en écartant les bras.

Ils la contemplèrent, étonnés. Sa mère s'était assise pour envoyer un texto, son père avait ouvert le journal de la veille et Sebastian s'était remis à jouer à la PlayStation.

— Tu as été vite, dis donc ! s'étonna sa mère en posant son téléphone sur ses genoux.

Émilie haussa les épaules et attendit que tout le monde se relève pour sortir.

*

Le repas fut une torture. Mais pour d'autres raisons que d'habitude, lorsque la nourriture la dégoûtait ou qu'elle devait ruser avec son père. Elle commanda une salade de poulet et essaya de manger, mais elle n'arrêtait pas de penser à Samuel et aux autres qui étaient dans la maison vide, affamés après le long voyage, assis côte à côte le long du mur de la cuisine. Ils se trouvaient à un kilomètre d'elle et ses parents. À un kilomètre de ces tables couvertes de nourriture. C'était absurde. Un tout autre monde, presque collé au sien, pensa-t-elle tout en chipotant avec son assiette. Et s'il y en avait qui mouraient ? Samuel avait l'air en bonne condition physique, Souleymane aussi, mais les autres ? N'avaient-ils pas passé des jours et des nuits dans la même position ? Et le petit garçon ? Ousmane. N'aurait-il pas dû être examiné par un médecin ?

Émilie voyait d'ici leurs corps s'affaisser contre le mur froid et, découvrir, à son retour, des mouches tournant autour de leurs cadavres. Leurs yeux grands ouverts, blancs comme de la craie, ressortant sur le noir de la peau. Il fallait qu'elle retourne là-bas tout de suite. Elle posa sa fourchette et regarda sa famille : Sebastian faisait des dessins dans la sauce sur son assiette. Il n'avait mangé que la moitié de ses frites. Sa mère tenait un discours animé à propos d'une collègue, tandis que son père se contentait de hocher la tête tout en jetant de temps en temps un coup d'œil à Émilie. S'était-il rendu compte de quelque chose ? Elle prit une bouchée, histoire de donner le change.

Il fallait qu'elle parte d'ici. Il fallait qu'elle trouve un prétexte, n'importe lequel, pour quitter la table. Par chance, Sebastian interrompit le monologue de sa mère.

— On pourra aller là-bas après ? demanda-t-il en montrant du doigt la petite fête foraine au bout de la plage.

Il y avait un manège, plusieurs stands de chamboule-tout et, surtout, des autos-tamponneuses.

C'était le moment ou jamais. Personne ne s'étonnerait si elle ne les accompagnait pas.

— Bien sûr, Sebastian, répondit son père. On prend juste un café avant. Tu as envie d'une glace ?

Sebastian sourit et opina d'un mouvement exagéré de la tête.

— Et toi, Émilie ? Tu en veux une aussi ?

— Non, merci, refusa-t-elle. Je préfère rentrer et lire à l'hôtel, si ça ne vous embête pas.

Son père n'y voyait pas d'inconvénient.

— Pas de problème. Fais comme tu le sens.

— Merci pour le repas, fit Émilie en repoussant son assiette.

Elle jeta un rapide regard sur les assiettes des autres. Ses parents n'avaient pas encore terminé de manger. Si, en plus, ils commandaient de la glace et des cafés, puis allaient à la fête foraine, ça lui laissait combien de temps ? Une heure et demie, voire plus.

Elle prit soin de marcher d'un pas calme sur la promenade du bord de mer, même si elle brûlait d'envie de courir. Elle sentait son cœur battre à tout rompre. Elle se retourna pour s'assurer qu'aucun d'eux ne la voyait, puis se mit à accélérer en direction du supermarché. Elle passa vite devant les cartes postales et leurs couchers de soleil retouchés, devant la presse étrangère, entra dans le magasin, où elle attrapa un panier avant de se diriger vers le rayon d'alimentation. Elle le garnit de pain, de fromage, de jambon, de saucisses, de poulet, de fruits, de riz et de yaourts. Son regard sur les rayons de nourriture n'était plus le même. Elle cherchait de quoi remplir des estomacs vides avec quelque chose de consistant, sans penser au gras, et elle calculait le coût de son panier au fur et à mesure qu'elle le remplissait. Elle aurait dû prévoir plus d'argent. Mais bon, cinquante euros devraient suffire pour une première fois. Elle prit quelques barres de chocolat tandis qu'elle faisait la queue à la caisse. Depuis combien de temps n'avait-elle pas mangé de chocolat ? Un an ? De mémoire, elle se récita : *22 grammes de gras pour 100 grammes, 18 grammes de sucre. Stratos. Lion. Snickers.*

Ce fut au tour d'Émilie. Elle paya, mit les provisions dans des sacs et se dépêcha de sortir. Dans la rue, elle doubla tous les touristes et attendit d'avoir quitté la ville pour accélérer enfin. Les sacs cognaient contre ses genoux. Le fromage et le jambon frottaient contre ses jambes. Elle ne s'arrêta pas pour autant. Elle tint les sacs le plus loin possible de son corps et courut à perdre haleine.

14

De retour dans la maison

Émilie parcourut les derniers mètres en marchant pour reprendre sa respiration. Il y avait de la lumière aux fenêtres. Deux carrés jaunes dans l'obscurité. Elle retrouva son souffle ; enfin elle était arrivée. Les poignées des sacs s'étaient enfoncées dans ses doigts pendant qu'elle courait, et elle eut l'impression que la peau de ses mains ne se retendrait jamais. Elle était si pressée qu'elle ne fit pas attention aux plumes qui jonchaient le sentier. Elle poussa la porte d'entrée du coude et pénétra dans le vestibule avec ses sacs.

Une odeur de nourriture lui monta aux narines. Du poulet grillé. En pénétrant dans la cuisine, elle se cogna à Samuel qui s'essuyait les mains sur son pantalon. Les autres, adossés au mur, étaient en train de manger. Ils paraissaient moins nombreux que tout à l'heure. Neuf ou dix en tout. Tous avec un morceau d'animal. Une patte, un bout de peau. Un morceau de blanc. La poule. Émilie resta interdite, ses sacs de courses à la main.

— Où…? bégaya-t-elle, avant de se rappeler les plumes dans la cour. Quoi ? Vous avez… ?

Elle désigna l'os qu'un des hommes grignotait.

— Je suis désolé, répondit Samuel. Nous n'avions plus la force d'attendre…

Il se pencha pour lui prendre un de ses sacs, mais Émilie refusa de le lâcher.

— Mais le propriétaire, alors ? Vous avez pensé à lui ? Quand il va rentrer et voir que…

Samuel mit une main sur son épaule, mais Émilie se dégagea. Elle ne supportait pas qu'on la touche. Elle posa les sacs sur la table et entreprit de déballer ses courses : bananes, pommes, pain, fromage. La femme avec l'enfant s'approcha d'Émilie, lui caressa le bras et lui dit merci, avant de prendre une banane qu'elle donna à son enfant. Les autres s'attroupèrent autour des sacs et chacun se servit. Certains la remerciaient et avaient l'air sincèrement reconnaissants, d'autres se jetaient sur ce qu'ils voulaient sans même lui accorder un regard. Esowa s'approcha tout près d'elle.

— *Money ?* demanda-t-il en frottant ses doigts entre eux, comme s'il tenait un billet de banque, avec un regard perçant, provocant. Tu as de l'argent ? reprit-il.

Samuel lui saisit le bras et l'écarta.

— Qu'est-ce que tu essaies de faire, Esowa ?

Esowa se dégagea.

— T'occupe pas de ça ! pesta-t-il. Tu ne sais donc pas combien d'argent ont les gens comme elle ?

Il pointa carrément le doigt sur Émilie, il n'en avait rien à faire qu'elle soit juste à côté. Elle recula de quelques pas. La situation la mettait mal à l'aise, elle sentait la colère gronder dans la pièce. Souleymane se plaça entre les deux garçons et ordonna à Esowa d'arrêter. Souleymane était plus grand et plus fort.

Esowa acquiesça, mais n'abandonna pas la partie.

— Une fois que vous aurez fini de manger ça, dit-il à voix haute, vous ferez quoi, hein ? Vous croyez que cette fille va vous aider éternellement ?

Il prononça ces mots en la montrant à nouveau du doigt, comme si elle ne comprenait pas ce qu'il disait. Il y eut un silence. Les autres réfugiés restèrent assis par terre à manger. Même Souleymane semblait se demander quoi dire.

— Vous ne savez rien, bordel ! poursuivit Esowa. Vous ne savez pas ce qu'il faut avoir pour survivre ici… et ce que la police va faire de vous. Vous êtes vraiment trop cons !

Personne ne répondit. Esowa alla vers les sacs de provision et sortit la charcuterie, quelques fruits et une bouteille d'eau. Il prit sa part, qu'il mit dans son propre sac. Les autres le regardèrent faire.

— Bonne chance, leur souhaita-t-il simplement.

Il avait vraiment l'air de penser ce qu'il disait.

Sur ce, il tourna les talons et sortit. Ils entendirent ses pas contourner la maison et aperçurent sa tête quand il passa devant la fenêtre. Puis il disparut. Souleymane haussa les épaules et dit que c'était tout aussi bien qu'Esowa s'en aille, comme ça il y aurait moins de disputes. Les autres déballèrent le reste de nourriture et burent de l'eau. L'atmosphère devint plus apaisée. Émilie remarqua à ce moment-là qu'ils ne sentaient plus comme avant, et elle découvrit une porte qui donnait sur une modeste salle de bains. Samuel prit Émilie par la main et l'entraîna à quelques pas de ses compagnons, vers le salon. Dans l'embrasure de la porte, ils se retrouvèrent tout près l'un de l'autre. Elle pouvait sentir son souffle contre son visage. Et la chaleur de ses mains.

— Je regrette pour... la poule, Émilie. Ce n'était pas dans notre intention de...

Émilie lui coupa la parole en secouant la tête.

— Je comprends, bien sûr, que vous l'ayez fait... J'ai seulement été un peu étonnée, c'est tout, répondit-elle.

Samuel sourit.

— Merci, chuchota-t-il en lui déposant un baiser sur la joue.

Une décharge électrique parcourut son corps. Elle lâcha les mains de Samuel et retourna dans la cuisine. Djeneba était occupée à répartir la nourriture dans des assiettes. Émilie et Samuel vinrent l'aider. Émilie nota que plusieurs réfugiés manquaient à l'appel.

— Il y en a d'autres qui sont partis, n'est-ce pas ? demanda-t-elle en tranchant le pain.

Samuel avait sorti une assiette ébréchée d'un des placards. Il hocha la tête.

— Malik et David sont partis dès que la nuit est tombée.

— Où ça ? voulut savoir Émilie.

Samuel avait fini de remplir l'assiette, il la souleva et répondit en haussant les épaules :

— Au même endroit qu'Esowa. Pour trouver du travail, je ne sais pas où. C'est Esowa qui leur a montré le chemin. Il est revenu ici peu avant ton retour. Pour réclamer de l'argent et prendre un peu de nourriture, visiblement. Je suis désolé, conclut-il.

Émilie secoua la tête.

— Ce n'est pas grave.

Mais, en son for intérieur, elle était contente qu'Esowa soit parti et espérait ne jamais le revoir. Il lui rappelait des hommes qu'elle avait vus au cinéma. Des hommes prêts à tout. Des hommes qui pouvaient tuer pour une poignée de dollars ou un collier.

Ils posèrent les assiettes par terre dans la salle de séjour. Tous se réunirent en cercle et se mirent à manger. Émilie interrogea Samuel sur leur voyage, et celui-ci lui parla du véhicule qui les avait emmenés du Ghana au Sahara, il lui parla de Gao et des passeurs. Du Sahara et de la ville portuaire au Sénégal. Pour finir, il lui parla de l'océan et de la panne d'essence. Émilie, immobile, écoutait. Cela correspondait à ce qu'elle avait vu dans les journaux ou à la télévision. Mais, là, c'était concret. Elle observa les autres réfugiés. Ils discutaient dans différentes langues africaines, en anglais et en français. Elle comprenait des bribes de conversations. Sur ceux qui étaient au pays. Comment les prévenir qu'ils étaient en vie ? Le petit garçon, assis sur les genoux de sa mère, pointait son doigt sur les yeux, les oreilles et le nez de la jeune femme.

— Qu'est-ce que tu vas faire maintenant ? demanda Émilie à Samuel.

Il haussa les épaules et répondit qu'il était à présent trop âgé pour obtenir automatiquement l'asile en Espagne et qu'il avait peur d'être renvoyé chez lui. Aucun de ceux qui étaient là ne voulait courir ce risque. C'est pourquoi ils resteraient cachés ici, le temps de se mettre d'accord sur ce qu'ils allaient faire.

Samuel lui tendit le plat de viande, mais elle secoua la tête en souriant.

Il la regarda. Ses yeux avaient beau être sombres, un éclat brillait au fond d'eux. Que pensait-il d'elle ? La trouvait-il jolie ? Aimait-il les filles blanches ou n'était-elle pas du tout son genre ? Peut-être qu'elle était trop jeune pour lui ?

— Pourquoi tu ne manges pas, Émilie ? l'interrogea-t-il.

Elle détourna les yeux un instant. Sentit une boule dans la gorge.

— Mais si, je mange, rétorqua-t-elle.

— Tu es si maigre, poursuivit-il en montrant son poignet fin, l'articulation et les veines apparentes de l'avant-bras. C'est une maladie ?

Plusieurs personnes écoutaient leur conversation. Émilie secoua la tête.

— J'aime être comme ça, répondit-elle. C'est juste ça, la raison.

Ousmane trottinait pieds nus par terre et s'appuyait contre l'épaule de sa mère tout en lui tambourinant le bras avec une main. Djeneba répéta ce qu'Émilie venait de dire, sans se laisser distraire par le petit garçon qui se pendait à elle et la faisait se balancer doucement d'avant en arrière.

— Tu aimes être comme ça ?

Émilie fit oui de la tête, prit une banane et commença à la peler. Comment auraient-ils pu la comprendre ? Ils avaient une autre culture, une autre conception de la beauté. De gros seins et des postérieurs rebondis, sans doute. Elle ne pouvait pas tenir compte de ce qu'ils pensaient. Pourtant la phrase de Samuel tournait dans sa tête :

Pourquoi tu ne manges pas ?

Elle avala la banane avant de regarder l'heure sur son portable. Plus d'une heure s'était déjà écoulée. Il fallait qu'elle se dépêche de rentrer, avant que ses parents ne reviennent de la fête foraine et ne découvrent qu'elle n'était pas du tout dans son lit à lire *Harry Potter*.

Émilie se releva. Soudain, elle eut conscience de son corps tandis qu'elle bougeait. Elle eut conscience de ses bras maigres, de ses jambes toutes fines. Samuel reposa la nourriture.

— Tu dois t'en aller ?

Elle hocha la tête.

— Je dois retourner à l'hôtel avant qu'on se rende compte de mon absence... Mais je reviendrai.

Samuel fit un geste du bras pour montrer la pièce, la maison.

— Tu crois qu'on peut rester ici ?

— Oui, je crois, répondit-elle.

Samuel sourit et l'embrassa sur la joue pour lui dire au revoir. Émilie fit un signe de la main aux autres, puis sortit de la maison et courut rejoindre l'hôtel. Le chemin était à présent plongé dans l'obscurité et l'océan était tout noir, avec seulement ici et là les lumières de quelques voiliers et bateaux de pêche au loin. Ses chaussures frappaient le sol en rythme.

C'est une maladie ?

15

Des souvenirs qui remontent

Samuel resta près de la fenêtre et regarda Émilie s'éloigner sur ses jambes légères, aussi fines que des allumettes, avec seulement un tee-shirt sur son maigre thorax. Elle était trop mince. Un peu trop jeune. Et pourtant il y avait quelque chose chez cette fille qui faisait que déjà elle lui manquait. Il aurait voulu la sentir à côté de lui, respirer son odeur, regarder le duvet blond de sa nuque. Il aimait sa façon de sourire.

Émilie ouvrit le portail, se retourna, et le vit qui la suivait des yeux. Il fut gêné d'avoir été pris sur le fait, mais il leva la main et lui fit signe. Émilie sourit et agita elle aussi la main, avant de repartir en courant, ses coudes pliés en angle droit.

Ses bras maigrelets lui firent penser à Ally McBeal et aux épisodes qu'il avait vus dans un café de chez lui. Il y allait souvent avec ses frères et sœurs ou avec des copains. Ils se serraient entre d'autres jeunes, le long du mur, au fond du café, pour éviter d'avoir à acheter quelque chose. C'était presque comme aller au cinéma. Lorsque l'épisode était terminé ou qu'ils en avaient assez, ils rentraient à la maison. Chez eux ou chez leur meilleur ami.

Il se rappela la station de radio qu'ils aimaient écouter, avec les dernières nouveautés musicales. Du hip hop. Du rap ghanéen. De la pop occidentale. Combien de fois n'avaient-ils pas rappé, côte à côte, les deux amis, dans cette chambre nue, avec la main en guise de micro ? Il repensa aussi à sa petite sœur qui insistait toujours pour qu'il lui raconte des histoires à faire peur. Il devait inventer des monstres, grands comme des maisons, qui erraient la nuit à la recherche de chair humaine. Il revit clairement son visage : la frayeur joyeuse dans ses yeux quand il lui demandait si elle voulait vraiment qu'il continue. Il se remémora soudain les plats que préparait sa mère. Les réunions autour de la table. Comment elle chantait devant ses casseroles. Il se souvint de son père. De ses yeux las, abattus. De ses doigts agiles dont il ne s'était plus jamais servi pour faire quelque chose d'utile, après avoir reçu un coup de machette dans l'avant-bras.

Samuel ferma les yeux quand Émilie disparut au coin du chemin et, d'un seul coup, tout lui revint : la ville, la famille, les amis. Et à cet instant précis il se dit qu'il n'aurait jamais dû partir.

16

Retour à l'hôtel

Émilie courut jusqu'aux abords de la ville, accompagnée par le chant des criquets. Des veuves vêtues de noir et de vieux couples étaient assis devant leurs portes et regardaient la vie qui passait devant chez eux. Les touristes se promenaient main dans la main, avec des appareils photo, en chemises à manches courtes et en robes d'été.

Elle ralentit l'allure et marcha les derniers mètres. Sa famille était-elle déjà rentrée de la fête foraine ? Elle arriva à l'appartement. Heureusement les lumières étaient éteintes. Elle glissa la clé dans la serrure et ouvrit la porte, alla aux toilettes et changea de tee-shirt avant de retourner dehors dans l'obscurité. Rejoindre la cohorte des touristes, pensa-t-elle, et elle jeta un coup d'œil vers l'océan noir. Combien de bateaux tentaient la traversée en ce moment même ? Combien de personnes étaient entassées dans le noir, épuisées et tenaillées par la faim après tant de jours passés en mer ? Et combien étaient-ils, sur la terre ferme, à rêver de la même chose ? D'une vie en Europe. Une vie comme la sienne.

Émilie retrouva Sebastian et ses parents à une échoppe sur la promenade le long de la plage. La fenêtre devant eux était couverte de photos de ferries pour touristes, avec différents prix affichés dans les langues étrangères les plus courantes. Son père fut le premier à la voir.

— Tiens, te voilà ! lança-t-il d'un ton joyeux en lui passant un bras autour des épaules, un geste presque trop intime pour elle. Je ne comprends pas bien ce qu'il y a avec *Harry Potter*. C'est si génial que ça ? reprit-il.

Elle hocha la tête. Son père lui brandit sous le nez cinq billets bleus avec l'image d'un bateau.

— Regarde ! On vient de réserver une excursion à Tenerife, s'écria-t-il tout enthousiaste.

— Quoi ? s'exclama-t-elle tout en se rendant compte qu'elle n'aurait pas dû paraître aussi surprise. Quand ça ? demanda-t-elle le plus calmement possible.

— Après-demain, répondit sa mère. C'est une bonne idée, non ? Le fond du bateau est en verre, et là-bas on pourra faire un peu de shopping, aller au musée et…

Émilie n'écoutait plus. Ses pensées se bousculaient dans sa tête. Elle réussit malgré tout à esquisser un sourire et dire qu'elle était contente.

Ils rentrèrent à l'appartement.

Son père lui demanda si elle voulait manger quelque chose.

Elle s'assit avec *Harry Potter* sur les genoux, à côté d'une tranche de pain qu'elle ne toucha pas.

Sebastian alluma sa Nintendo.

Ses parents débouchèrent une bouteille de vin, s'installèrent dans le canapé et feuilletèrent la brochure sur Tenerife.

Émilie fixait son livre. Les phrases se mélangeaient dans sa tête, et elle devait penser à tourner les pages de temps à autre pour faire croire qu'elle lisait réellement. *Harry Potter et les reliques de la mort.*

Ferry trip ! See real fish and shells through the glass bottom of the ferry ![1]

Qu'est-ce qui va arriver aux réfugiés pendant ce temps, si nous...

« Pourquoi tu ne manges pas ? »

Les mains de Samuel.

Et si le pêcheur rentre et découvre...?

« C'est une maladie ? »

Il ne faut pas qu'il soit renvoyé chez lui !

Il ne faut pas qu'il soit renvoyé chez lui !

---

1. Un voyage en ferry ! Voir en vrai des poissons et des coquillages à travers le fond en verre du ferry ! (N. d. T.)

Deuxième partie

Je suis le coq qui marche dans la cour devant la maison vide, et qui recherche des graines entre le bric-à-brac de bassines en plastique, de gros cordages et de caisses en polystyrène. Parfois j'arrive à un endroit dans la cour où il ne reste d'elle que des plumes. Des plumes et du sang. Et, un instant, je sens revenir la peur et je revois l'homme à la hache. Le cri. Le sang sur les plumes blanches.

*

Je suis le policier assis dans un café du port avec un collègue, je mélange le sucre dans mon café serré, et je discute de la découverte du bateau sénégalais, vide.

*

Je suis le pêcheur qui jette son filet dans la mer. Les poissons scintillent à la lumière de la lanterne. L'océan est noir et la ville n'est qu'une rangée de points jaunes les uns à côté des autres. Enfin de grosses prises. Je n'aurai plus qu'à vendre les poissons aux restaurants et à rentrer chez moi.

*

Je suis Ibrahim, le garçon du Bénin qui n'a pas survécu à la traversée et qui a été jeté par-dessus bord. J'ai coulé à pic dans les ténèbres et le silence, au fond de l'océan. Je suis allongé sur le dos. De temps en temps, un poisson curieux s'approche et mord dans ma manche de tee-shirt. Un filet de pêche flotte plus haut, au-dessus de moi, et un banc de poissons est pris dans ses mailles.

*

Je suis gardien au centre provisoire de rétention à Gran Canaria. Je surveille la clôture en fils barbelés, je vérifie si personne n'essaie de s'échapper et je fais en sorte que les détenus soient le moins mal possible. Ils sont trop nombreux ici. C'est impossible de faire du bon boulot. Demain, c'est jour de paie, enfin.

*

Je suis le petit gecko qui vit dans un coin de la cuisine du pêcheur. Beaucoup d'étrangers sont venus ici.

La nourriture qu'ils mangent attire des mouches que je peux attraper, si je me montre assez patient. Il suffit d'attendre, sans bouger un muscle, tout en haut près du plafond.

*

Je suis Djeneba, la mère d'Ousmane. Il s'est affaibli ces derniers jours. Il a de la fièvre. Nous ne pouvons pas continuer à habiter ici. Nous devrions nous dénoncer à la police. Nous finirons tôt ou tard par être découverts.

*

Je suis Samuel. Je ne sais pas ce que nous allons faire.

*

Je suis Émilie. Je suis couchée dans mon lit, dans l'appartement. C'est le soir. Mes pensées sont aussi troublées que les images sur une vieille télé qui hésiterait entre deux canaux.

Troisième partie

17

Plus personne

Émilie resta plusieurs heures éveillée. Sebastian respirait calmement dans le lit d'à côté. Dehors, derrière la fenêtre, les cigales chantaient. Mon Dieu, que devait-elle faire ? Et Samuel ? Qu'allait-il lui arriver ? Et si elle se levait, enfilait son pantalon et son tee-shirt pendant que Sebastian dormait ? Elle pourrait se faufiler pieds nus dans le salon jusqu'à la porte d'entrée, l'ouvrir doucement, très doucement, et disparaître dans la nuit. Elle traverserait la ville en courant et atteindrait la maison du pêcheur, Samuel serait assis devant la porte à l'attendre. Il la serrerait contre lui.

Non, ce n'était pas possible. Elle ne pouvait pas risquer de réveiller ses parents. Elle ne trouverait jamais une excuse plausible pour s'éclipser ainsi en pleine nuit, et, après ça, son père ne la quitterait pas d'une semelle le restant du séjour... Elle ferma les yeux et resta allongée à écouter les bruits du dehors. Le chant des cigales, le rire d'un homme, la musique techno au passage d'une voiture.

Elle finit malgré tout par s'endormir et rêva qu'elle courait sur un chemin de campagne aussi vite qu'elle pouvait, mais sans réussir à avancer. Les maisons espagnoles restaient immobiles de chaque côté alors qu'elle courait et courait, comme sur un tapis de course. Le garçon de l'école – celui qui l'avait surprise avec son gâteau – apparaissait soudain à une des fenêtres et lui demandait pourquoi elle ne se laissait pas plutôt rouler. Ensuite elle chutait, dévalait une pente et tombait dans une piscine. Dans l'eau se trouvait Samuel. Il nageait vers elle, et elle avait l'impression qu'il était nu. Assis tout habillé sur le bord de la piscine, avec les jambes de son pantalon et ses sandales dans l'eau, son père lisait le journal. Sur la première page, il y avait une grande photo d'elle en prison.

*

Les autres étaient déjà debout et prenaient leur petit déjeuner. Leurs sacs de plage étaient prêts. Émilie mangea un petit pain suédois et une pomme, comme les autres fois, et ressentit la faim habituelle quand ils posèrent tous le pied sur le sable. En temps normal, elle aurait éprouvé une certaine fierté de résister ainsi à la faim. De savoir se contrôler. D'avoir assez de volonté pour dominer son corps. À présent, elle n'en était plus fière. Pour la première fois, elle eut envie de tout envoyer balader.

Quelques familles s'étaient déjà installées : seaux et pelles en plastique, petits châteaux de sable, enfants en couches qui trottaient entre les transats avec de grands yeux et des taches blanches de crème solaire sur les joues. La mère d'Émilie trouva une place à côté d'un couple de retraités hollandais, ils se déshabillèrent et s'allongèrent pour bronzer. Elle devait rester un peu si elle ne voulait pas leur mettre la puce à l'oreille. Son père, surtout, avait l'air de se douter de quelque chose.

Sebastian et sa mère se relevèrent au bout d'un moment et commencèrent à jouer au badminton au bord de l'eau. Émilie fit semblant de se plonger dans son livre alors qu'elle ne cessait de se demander comment ils allaient dans la maison là-haut. Avaient-ils encore assez de nourriture ? Elle ne leur avait pas dit quand elle reviendrait. Peut-être qu'ils restaient à l'attendre ? Encore une chance qu'elle puisse fausser compagnie à sa famille, sous prétexte de jogging. Ils s'étaient habitués à ce qu'elle parte courir tous les jours et trouveraient cela normal. Levant les yeux de son livre pour voir ce que faisaient les autres, elle croisa le regard de son père. Cela devait faire un moment qu'il l'observait.

— Il s'appelle comment ? l'interrogea-t-il à voix basse en inclinant la tête vers elle, ses lunettes de soleil sur le front.

Émilie se sentit rougir. Son père était tout sauf un imbécile.

— Qu'est-ce que tu veux dire ? demanda-t-elle.

Son père montra son livre du doigt et sourit.

— Ça va faire cinq minutes que tu en es toujours à la même page…

Elle ne répondit pas.

— C'est un garçon de ta classe ? poursuivit-il.

Sa frayeur se transforma en soulagement. Elle commanda à son visage de prendre l'expression la plus joyeuse et la plus mystérieuse possible et lança :

— C'est top secret. Les papas trop curieux sont toujours déçus.

Cela fit rire son père, qui acquiesça. Émilie baissa les yeux sur son livre et tourna la page. Elle savait s'y prendre pour être convaincante. Elle s'était entraînée à maîtriser son visage pour avoir l'air tout à fait naturelle.

Elle remarqua que son père était rassuré et elle le vit se pencher sur le côté pour ramasser son journal posé sur le sable. *The Canarypost.* Je reconnais bien papa, se dit-elle, il n'y a que lui pour acheter le journal local. « À Rome, fais comme les Romains » était sa devise en voyage, et il commandait la bière locale, goûtait au dessert local et achetait le journal du coin.

Aussitôt le regard d'Émilie fut attiré par la première page : c'était l'image d'un bateau. Celui à bord duquel Samuel était arrivé. La photo montrait l'embarcation à la dérive sur la mer. Elle reconnut sans peine les couleurs et le dessin sur la coque. Le nom du bateau aussi était marqué. Un nom probablement sénégalais, pensa Émilie. Elle parcourut les premières lignes à toute vitesse :

La police recherche un nombre indéterminé de migrants illégaux, après la découverte d'un bateau sénégalais vide, dérivant sur la côte sud-ouest de Gran Canaria.

Mon Dieu. On avait retrouvé leur bateau, juste au large de Puerto Mogan. Samuel et Souleymane l'avaient repoussé à la mer pour que la police ne découvre pas où ils avaient débarqué. Cela leur laissait un peu de temps, mais combien ? Combien d'heures faudrait-il à la police pour repérer la maison où ils se cachaient ? Il fallait absolument qu'elle les prévienne. Et le plus tôt possible ! Elle ferma son livre et s'allongea un court instant. Elle entendit sa mère crier « Bravo » à Sebastian.

Elle sentait son pouls battre jusque dans ses oreilles. Elle essaya de calmer son cœur et résista à la tentation de demander le journal. Elle se redressa d'un bond et son père la regarda, étonné.

— Tu fais quoi ?

— Je vais faire mon jogging.

— Encore ? Tu es sûre que tu ne préfères pas te reposer ici ? Hein ? Et profiter un peu des vacances ?

Elle secoua la tête.

— Et bronzer ? insista-t-il.

— Non, répondit-elle.

— Bon, mais ne t'absente pas aussi longtemps que l'autre fois.

— Mais non.

— Ne fais pas *tout* le tour de l'île aujourd'hui.

— Non, je te dis.

Son père prit sa montre qu'il avait glissée entre son tee-shirt et ses sandales à côté du transat.

— Nous déjeunerons dans deux heures environ, annonça-t-il. Là-bas, précisa-t-il en montrant un café installé sur la plage, où une serveuse préparait les tables encore vides en posant de petits menus plastifiés.

Émilie se dépêcha de rentrer se changer. Elle se regarda dans le miroir, mit du mascara et du rouge à lèvres, se brossa les dents, et se parfuma avant d'aller au supermarché. Elle passa rapidement dans les rayons, acheta de la nourriture et de l'eau avec l'argent qui lui restait, puis courut à nouveau, avec un sac dans chaque main. Mais elle dut ralentir parce que l'eau pesait lourd et les anses lui sciaient les doigts. Les derniers mètres, elle sentit que son estomac criait famine. Elle ouvrit le portail, chercha à apercevoir le visage de Samuel derrière les fenêtres. Oui, elle devait admettre qu'elle avait hâte de le revoir. Elle posa un sac par terre et frappa doucement avant d'entrer. À l'intérieur régnait le silence. Un silence absolu. S'étaient-ils cachés ? Peut-être croyaient-ils que c'était le pêcheur qui rentrait ? Elle se dirigea vers la cuisine.

— Ohé ? Y a quelqu'un ?

Personne ne répondit. Émilie entra dans le salon. Personne non plus. Elle s'imagina une descente de police, tous ces hommes en uniforme, avec des matraques et des pistolets. Elle crut les entendre crier à Samuel de se coucher par terre pour lui passer les menottes dans le dos avant de le pousser dehors, dans la lumière du soleil, avec brutalité.

Elle mit les sacs par terre et ferma les yeux. Elle n'avait qu'une envie : pleurer. Pourtant elle resta juste plantée là.

Les vagues déferlaient sur le rivage.

Un gecko la regardait du plafond.

Un peu plus loin, le corps d'un homme était déposé sur une plage. Mort.

18

La ville pour les gens qui n'existent pas

Samuel s'assit dans la pente et s'appuya à un arbre qui poussait sur le versant de la montagne. Des réfugiés étaient installés un peu partout, sur des tapis, des nattes de paille et des sacs en plastique. Des gens qu'il ne connaissait pas, mais qui tous avaient entrepris le même voyage. Des gens qui partageaient le même rêve d'une autre vie que celle qu'ils avaient connue. À présent, ils étaient échoués ici, à quelques centaines de mètres de l'autoroute à la périphérie de la ville, cachés derrière un pan poussiéreux de montagne. La nuit, ils dormaient sous de simples bâches de chantier ou des plaques de tôle ondulée maintenues par des bouts de bois. Un tuyau d'irrigation qui passait juste en dessous leur servait de point d'eau. Leurs regards étaient durs. Fermés.

C'était Souleymane, l'Ivoirien, qui avait entraîné Samuel et les autres ici. Après le départ d'Émilie, quelques heures plus tôt, ils étaient restés assis par terre, là-haut dans la maison. Le soleil brillait à travers la fenêtre et le petit garçon s'était endormi sur l'épaule de sa mère, la bouche ouverte. Souleymane s'était

alors levé et avait déclaré qu'il voulait continuer son chemin,
comme ceux qui avaient déjà quitté les lieux. Il existait, avait-
il dit, d'autres façons d'avoir une vie en Europe que de passer
par la case police et autorisation de séjour. Ils le savaient tous.
Ils avaient entendu parler de ces jeunes Africains de l'Ouest qui
vivaient dans la clandestinité et gagnaient de quoi survivre en
vendant des lunettes de soleil, des bijoux et des CD sur la plage.

— Esowa avait raison. Nous ne pouvons pas éternellement rester
ici, avait ajouté Souleymane en montrant la salle de séjour dans
la maison du pêcheur. Pour l'instant, nous sommes en sécurité ici,
et nous avons reçu l'aide de cette jeune fille, mais ça ne durera pas.

Il avait raison. Bien sûr qu'il avait raison. L'un après l'autre,
ils s'étaient levés et l'avaient suivi. Samuel aussi. Ils avaient
pris leurs affaires, jeté un coup d'œil prudent par la fenêtre et
contourné la maison pour prendre le chemin en contrebas. Samuel
avait songé un instant à laisser quelque chose à Émilie, mais
quoi ? Il n'avait rien. Rien qui la ferait penser à lui. Il n'avait
que les vêtements qu'il portait. Alors il était sorti avec les autres
à la lumière du jour. Derrière la maison. Il avait suivi le chemin
qui descendait. Esowa avait montré sur une carte la direction
à prendre s'ils changeaient d'avis. Plusieurs fois, l'un d'eux avait
glissé sur ces pentes de terre sèche et était tombé. Samuel s'était
égratigné à des ronces et ils avaient dû attendre longtemps que la
circulation se calme avant de pouvoir traverser une route. Puis ils
étaient arrivés. Arrivés à la ville des immigrants clandestins. Une
non-société, remplie de non-personnes. Des personnes sans passe-
port, ni nom, ni date de naissance. Rien que des corps, des visages
et des mains. Rien que des histoires secrètes, des rêves secrets, et

des familles que tous avaient laissées derrière eux. C'était donc ici, cette vie qui les attendait de l'autre côté, songea Samuel. Le stade intermédiaire où l'on attendait le jugement dernier. Où l'on attendait d'être admis au ciel ou envoyé en enfer. Où l'on attendait d'obtenir une autorisation de séjour en Europe ou d'être renvoyé là d'où on venait.Voilà, c'était ici. C'était Barsakh.

*

Ils furent accueillis par un autre homme de Côte d'Ivoire, un type maigre avec un jean trop large, des lunettes de soleil et un pull en coton à manches longues. Il leur souhaita la bienvenue et leur montra un endroit où ils pouvaient s'asseoir. Il avait une boutique, leur expliqua-t-il avec fierté. Enfin, plus exactement une petite entreprise qui consistait à vendre des lunettes de soleil, des bijoux, des montres et des sacs aux touristes sur les plages. Il désignait un plateau avec des lunettes de soleil qui se trouvait juste derrière lui, à côté d'un tas de sacs à main bon marché. Si l'un d'entre eux était intéressé, il pouvait vendre de la marchandise pour lui. Samuel fit oui de la tête et demanda ce que l'autre réclamait en échange.

— La moitié, répondit celui-ci en ricanant.

Le groupe se divisa de nouveau en deux. Certains acceptèrent tout de suite. D'autres rencontrèrent des gens de leurs villages ou du moins des compatriotes, et plusieurs décidèrent de s'installer pour de bon dans la «Ville pour les gens qui n'existent pas». Ils se faufilèrent entre les bâches et les sacs en plastique, les vêtements qui séchaient, les petits réchauds à gaz où les repas étaient préparés dans des récipients en métal cabossés. Samuel retrouva ceux du bateau : *Esowa, David et Malik. Esowa avait changé maintenant. Plus amical. Il demanda à Samuel comment il allait et lui proposa de l'aider à reconnaître les meilleurs clients s'il était intéressé par ce business. Samuel n'eut pas l'impression que ça cachait quelque chose ou qu'il essayait de l'embobiner. Il avait perdu son ton agressif. Il était visiblement arrivé là où il voulait. Samuel l'observa attentivement. Esowa en avait toujours su plus long que les autres. Il avait manifestement eu raison en disant que la plupart se faisaient des idées sur l'Europe, parce que la vie qui les attendait, c'était celle-ci et pas une autre. Samuel répondit qu'il allait y réfléchir, avant de continuer à avancer.*

Plusieurs des réfugiés qu'ils croisèrent avaient des plaies apparentes aux jambes ou au visage. Des plaies qui s'étaient infectées, mais ils ne pouvaient pas aller voir un médecin, puisqu'ils n'étaient pas censés exister. Samuel s'adossa à un arbre à l'extérieur de la petite ville et ferma les yeux. Il ne s'était pas imaginé les choses ainsi. Si telle était la vie de ce côté-ci de la mer, il aurait mieux fait de rester chez lui, songea-t-il en revoyant dans sa tête la rue où il avait grandi. Les voisins qui réduisaient en purée des tubercules dans un baquet à l'aide d'un gros bâton. Il se rappelait la lumière qui baignait les maisons le matin. La musique à la radio. Le chant du coq.

— T'aurais pas une cigarette ?

Samuel ouvrit les yeux et découvrit le regard d'un homme maigre et sale, penché sur lui. L'homme toussa à la fin de sa phrase et porta la main à sa bouche.

Samuel secoua la tête.

— Désolé. Je n'ai rien.

19

Le dernier repas

C'était le soir. Émilie était restée sur la plage. Elle avait nagé et bronzé. Ils se trouvaient à présent dans un restaurant près du port et venaient de commander. Émilie avait choisi une petite pizza avec du fromage et du jambon, et de l'eau gazeuse. Elle aurait voulu ne pas s'inquiéter au sujet de Samuel, mais c'était impossible. Où était-il à présent ? En prison ? Dans un avion en direction du Ghana ? C'était tellement injuste, se disait-elle. Pourquoi le monde était-il ainsi fait qu'on renvoyait des gens chez eux, pour une vie sans aucun avenir, alors qu'ils avaient tout sacrifié pour venir ici ?

On apporta les plats sur la table. La petite pizza n'était finalement pas si petite que ça. Tant pis, son père la terminerait, pensa Émilie en se coupant une part. Sa mère aida Sebastian à trancher ses spaghettis, même s'il pouvait très bien le faire tout seul, et ils se mirent à parler d'un système Hi-Fi sans fil que son père avait envie de s'acheter. Émilie restait plongée dans ses pensées. Elle mangeait.

Plus que quelques jours, et ils prendraient l'avion du retour. Le lendemain, ils avaient cette excursion sur ce stupide ferry. Elle aurait dû regarder les infos sur son téléphone portable. Elle avait déjà vérifié deux fois – et bientôt aurait épuisé le montant de sa carte prépayée –, mais n'avait vu nulle part que les réfugiés avaient été retrouvés. À moins que la police n'ait pas encore publié de communiqué de presse ? Il fallait qu'elle retourne à la maison du pêcheur pour voir s'ils n'étaient pas revenus. Il le fallait, et tout de suite, mais comment donner le change à ses parents ? Qu'allait-elle pouvoir leur dire ?

Soudain, elle remarqua que le silence s'était fait autour de la table et elle leva enfin les yeux. Son père l'observait. Elle piqua du nez vers son assiette. Vide. Elle avait mangé toute sa pizza ! Comment était-ce possible ? Elle n'avait presque rien avalé de toute la journée, mais quand même !

– Que se passe-t-il, Émilie ? demanda son père en posant son verre de vin.

Sa mère acquiesça et répéta la question. Que se passait-il au juste ?

Que leur répondre ?

– Je ne peux pas vous le dire, lâcha-t-elle en sentant qu'elle était à deux doigts d'éclater en sanglots.

Elle se mit debout et réprima ses larmes.

– Je reviens tout de suite. Il faut juste que je règle un truc.

– Émilie ? Attends, Émilie !

Elle se fraya un chemin entre les tables et se dépêcha de sortir sur le trottoir. Ses parents crièrent plusieurs fois son nom tandis qu'elle courait déjà dans la rue et disparaissait entre les maisons. Elle fonçait, passait devant les magasins ouverts, les touristes souriants, tous ces corps qui sortaient de la douche et sentaient le parfum des boutiques détaxées, portant des chemises et des robes de magasins chers. Copenhague. New York. Paris.

Personne ne la suivait. Elle avait mal au ventre à cause de tout ce qu'elle avait mangé, mais continua pourtant à courir. Elle s'éloigna de la ville et monta vers la maison. Tout paraissait silencieux. Et sombre. Ils avaient dû poursuivre leur chemin. Ce n'est qu'une fois arrivée tout en haut qu'elle aperçut un faible trait de lumière derrière une fenêtre. Y avait-il malgré tout quelqu'un ou bien avaient-ils oublié d'éteindre une des lampes? Ou le pêcheur était-il revenu? Elle alla à la porte d'entrée et frappa trois coups brefs. Au bout de quelques secondes, la porte s'ouvrit.

C'était lui. Samuel. Tout son visage s'éclaira quand il lui prit la main et referma derrière elle.

— Émilie, dit-il tout bas.

Jamais quelqu'un n'avait prononcé son prénom avec autant de douceur.

— Où étais-tu? demanda-t-elle.

Samuel se trouvait tout près d'elle dans l'étroite entrée. Il recula de quelques pas en direction de la cuisine.

— Tu es déjà revenue entre temps?

— Bien sûr, répondit Émilie avec un sourire.

Samuel lui posa la main sur l'épaule, mais parut hésiter et la retira aussitôt.

— Merci de ne pas nous avoir oubliés. Nous sommes allés quelque part pour chercher du travail, mais ce n'était pas pour moi… Viens !

De la main, il lui fit signe d'avancer dans la cuisine vers le salon. Ils n'étaient plus que cinq sur les quinze de départ : Samuel, Abou, Traoré, Djeneba et Ousmane. Celle-ci était assise contre le mur, son fils endormi dans ses bras. Sa peau était couverte de sueur. Il avait la bouche ouverte et la respiration saccadée. Djeneba leva à peine une main pour la saluer. Émilie sourit et s'approcha d'elle.

— Il est malade ?

Djeneba hocha gravement la tête. Elle raconta qu'il ne gardait aucune nourriture, qu'il avait de la fièvre. Elle ne savait pas quoi faire, conclut-elle.

Ses derniers mots rappelèrent à Émilie la raison de sa visite ici.

— Mon Dieu ! s'écria-t-elle en se tournant vers Samuel. J'allais oublier.

— Quoi donc ?

— Le bateau. Les autorités ont retrouvé le bateau ! Il y a une photo dans le journal. La police vous recherche. Je croyais que c'était pour ça que vous étiez partis aujourd'hui…

Samuel inspira profondément et dit qu'il s'y attendait. Tôt ou tard, cela devait arriver.

— Qu'est-ce que vous allez faire, alors ? l'interrogea Émilie.

Samuel déclara qu'ils devaient quitter cette maison et il commença à remettre la nourriture dans les sacs. Émilie resta plantée là, les bras ballants.

— Mais vous allez partir où ? insista-t-elle, désespérée.

Personne ne répondit. Abou et Traoré replièrent plaids et couvertures. Émilie s'approcha de Samuel et lui saisit le bras.

— Qu'allez-vous devenir, Samuel ?

Il se tourna vers elle et tenta de sourire, mais ses yeux le trahirent.

— Nous allons nous en sortir, fit-il brièvement.

— Sans toit au-dessus de votre tête ? Sans argent ?

Ah, si seulement elle n'était pas obligée de faire cette excursion débile, le lendemain. Si seulement les vacances ne touchaient pas à leur fin et si elle ne rentrait pas bientôt en Norvège... Elle ferait... quoi ? Que pourrait-elle faire réellement ?

Rien.

Elle ne pouvait rien faire.

Émilie pencha la tête. Puis elle entendit des pas derrière elle. C'était Djeneba. Djeneba la prit par les épaules et l'obligea à se retourner. Ousmane avait la tête posée contre sa nuque. Il avait du mal à respirer. Djeneba saisit la main d'Émilie dans la sienne et s'approcha d'elle. Ses yeux brillaient.

— Chère enfant..., souffla-t-elle.

— Oui ? fit Émilie, d'une voix mal assurée.

— Merci mille fois pour tout ce que tu as fait pour nous. Merci de nous avoir aidés à atteindre le rivage. De nous avoir trouvé cette maison. Merci aussi pour toute la nourriture que tu nous as apportée. On ne s'en serait pas sortis sans toi, tu sais ça ?

Djeneba lui caressa doucement la joue. Émilie n'avait pas l'habitude qu'on la touche de cette manière. Avec autant d'amour. Elle ouvrit la bouche. «Non, c'est rien», voulut-elle dire, mais au même moment elle ne put retenir ses larmes plus longtemps. Un chagrin soudain la submergea. Elle pleura à cause de Samuel et parce qu'ils ne se reverraient jamais. Elle pleura à cause de tout ce qu'elle gardait au fond d'elle-même, tout ce qu'elle contrôlait en permanence. Elle pleura parce que c'était la seule façon pour elle d'accepter cet amour et cette chaleur. Samuel se tenait un peu en retrait. Il ne savait comment réagir. Djeneba serra Émilie contre elle et lui caressa le dos avec sa main libre. Ousmane, coincé entre elles deux, dormait. Émilie se dégagea et essuya ses larmes avec son avant-bras.

— Ce n'est pas à moi d'être consolée ici, dit-elle avec un rire bref. Nous devons nous dépêcher avant qu'ils vous trouvent.

Djeneba hocha la tête et baissa de nouveau les yeux sur Ousmane.

— Je ne partirai pas avec vous, murmura-t-elle tout bas.

Samuel se retourna vers elle.

— Tu ne viens pas ?

— Non. Ousmane doit voir un docteur.

Personne ne répondit. Djeneba avait raison. Elle serait probablement renvoyée au Mali si elle allait chez le médecin. Mais tant pis. Mieux valait ça que de risquer la vie de son enfant.

— Ça ne sera pas trop loin pour marcher jusqu'en ville ? demanda Samuel en caressant doucement la petite tête d'Ousmane.

Djeneba secoua la tête.

— J'ai le sentiment qu'ils me trouveront avant que j'arrive jusque-là, dit-elle avant d'étreindre Émilie une dernière fois et de se diriger vers le portail, avec Ousmane pendu mollement à son cou.

Samuel vérifia s'ils n'avaient rien oublié, puis il éteignit la petite lampe. Cette fois, ils étaient prêts. Ils sortirent dans l'entrée. À l'instant où il posait la main sur la poignée de la porte, ils perçurent un bruit.

Une voiture.

Samuel jeta un rapide coup d'œil par la fenêtre du salon et aperçut une petite camionnette noire qui arrivait sur le chemin en gravier. Le pêcheur. Ils se tapirent le long du mur. La lumière des phares balaya la pièce. Puis le moteur fut coupé et l'obscurité retomba de nouveau. Ils entendirent la portière de la voiture s'ouvrir et un homme descendre en sifflotant. Il n'était plus qu'à dix pas de la maison. Ses chaussures crissaient sur le gravier. Ils se faufilèrent dans la cuisine en courbant le dos, laissèrent les sacs de nourriture où ils étaient pour ne pas faire de bruit, et s'approchèrent de la porte de derrière. Samuel baissa la poignée. La porte était fermée à clé. Pourquoi cette porte-ci était fermée, et pas la porte d'entrée ? Samuel tourna la clé dans la serrure le plus discrètement possible et baissa à nouveau la poignée.

Au même moment, on ouvrait la porte d'entrée de l'autre côté de la maison. Abou et Traoré disparurent entre les arbres plongés dans l'obscurité. Émilie sortit et attendit que Samuel la rejoigne. Il referma délicatement la porte et prit sa main. Puis ils coururent, en se baissant, vers la colline. Ils essayaient de faire le moins de bruit possible, en évitant que de gros cailloux roulent sous leurs pas. Leurs pieds glissaient dans le sol tendre. Peut-être que le pêcheur s'était déjà rendu compte qu'il y avait eu quelqu'un chez lui pendant son absence ? Peut-être qu'il vérifiait la porte de derrière en cet instant précis et les apercevait ? Émilie se retourna et vit la lumière jaune jaillir des fenêtres. En tout cas, il ne se tenait pas dans l'embrasure de la porte, à les épier.

Soudain elle trébucha et tomba. Elle voulut se rattraper et s'écorcha la main sur un caillou pointu. Samuel l'aida à se relever. Puis ils continuèrent à marcher jusqu'au sommet de la colline et se fondirent au milieu de conifères décharnés. Ils s'assirent sous les branches. Enfin, ils étaient en sécurité, songea Émilie. Enfin, ils étaient hors de vue.

20

L'attente

Ils s'arrêtèrent quelques secondes pour vérifier s'ils n'étaient pas suivis, mais les seuls bruits qu'ils perçurent furent le déferlement de l'océan sur le rivage et le cri d'un oiseau un peu plus loin. Samuel lui demanda comment allait sa main. Émilie hocha la tête.

— Bon, il faut qu'on s'éloigne davantage de la maison, dit-il en faisant signe aux autres de continuer à avancer dans l'obscurité entre les arbres.

Au bout de quelques minutes, ils parvinrent à ce qui pouvait leur servir de cachette : un petit creux douillet dans la pente, provoqué par la pluie qui avait entraîné la terre et mis à nu quelques racines. Ils s'assirent pour reprendre leur souffle. Samuel jeta un regard par-dessus le bord.

— Tu vois quelqu'un ? murmura Émilie.

Samuel secoua la tête. Traoré et Abou s'étaient assis à quelques mètres, la tête entre les genoux. Silencieux, repliés sur eux-mêmes. À quoi pensaient-ils ? À leur famille, au pays ? À la petite amie qu'ils avaient laissée derrière eux ? Ou étaient-ils simplement tétanisés, incapables de songer à autre chose qu'à la peur d'être retrouvés par la police ?

Samuel demanda à Émilie de lui faire voir sa blessure. Elle s'exécuta. La coupure était nette, juste à côté du muscle où le pouce commençait. On pouvait sentir le sable et les petits cailloux qui s'étaient glissés dans la plaie et sous la peau. Maintenant qu'elle avait le temps de s'en préoccuper, cela l'élançait douloureusement dans la main.

— Nous aurions dû prendre de l'eau, dit Samuel.

Il regarda autour de lui pour vérifier si quelqu'un n'en avait pas emporté malgré tout, avant de porter la main d'Émilie à sa bouche.

— Dans ce cas, on n'a pas le choix, reprit-il, et il posa ses lèvres sur la blessure.

Émilie tressaillit et voulut se dégager, mais Samuel secoua la tête et elle se laissa faire. Il suça pour aspirer les petits cailloux avec ses lèvres et retira ensuite de sa bouche les saletés qu'il avait enlevées.

— Voilà, c'est fait, annonça-t-il en souriant.

Émilie regarda sa main et tenta de dissimuler sa gêne. Elle voulut dire quelque chose pour dissiper son malaise.

— Ce n'est pas exactement comme ça que les médecins font chez nous en Norvège, murmura-t-elle en esquissant un sourire.

— Chez nous non plus, chuchota Samuel en riant.

— Chut ! gronda Abou, et Samuel mit la main devant sa bouche.

Le vent soufflait doucement dans les branches au-dessus d'eux, faisant bruisser les feuilles. Émilie examina les autres du groupe et croisa le regard de Traoré. Un regard sombre. Lointain. Un mélange de crainte et d'indifférence. Le regard de quelqu'un qui n'y croit plus. Le jeune homme détourna les yeux et baissa la tête.

Il faisait sombre, mais la lune brillait à travers les branches et jetait des ombres dans le creux où ils se cachaient. Samuel conseilla à Émilie de comprimer sa blessure avec sa main.

— Émilie ?

— Oui.

— S'ils m'attrapent, dis que je m'appelle Kofi. OK ?

— Kofi ? Comme Kofi Annan[1] ?

— Oui, répondit Samuel en souriant. Tu as entendu parler de lui ?

— Évidemment. C'est pour qu'on ne te renvoie pas chez toi ?

— Hmm. Ils ne peuvent pas renvoyer les gens chez eux s'ils ne savent pas d'où ils viennent. C'est logique, non ?

Émilie baissa les yeux. Elle ne supportait pas l'idée qu'on puisse le rapatrier. Pas plus qu'elle ne supportait l'idée qu'il atterrisse dans un camp pour réfugiés ou de

---

1. Le nom du septième Secrétaire général des Nations unies de 1997 à 2006, originaire du Ghana. (N.d.T.)

l'imaginer à bord d'un avion à destination du Ghana. Les images défilèrent dans sa tête et elle les chassa de son mieux.

— Si seulement je pouvais te mettre dans ma valise et te ramener avec moi en Norvège, dit-elle avec un sourire.

Elle essaya de garder ce ton léger, comme si elle ne savait pas que c'était sans doute la dernière fois qu'ils se voyaient. Alors qu'elle ne souhaitait qu'une chose : se pencher pour l'embrasser. Le serrer contre elle.

— Tu réussirais à me porter, tu crois ? lança-t-il en pinçant le biceps de la jeune fille.

— En tout cas, j'ai réussi à te ramener sur terre, à la nage.

Samuel dut plaquer la main sur sa bouche pour ne pas rire trop fort. Traoré lui jeta un regard courroucé et plaça son doigt devant ses lèvres pour lui intimer d'être plus discret. Samuel baissa la voix.

— Mon Dieu, chuchota-t-il. J'ai failli me noyer, tu te rappelles ?

Émilie feignit de faire un effort pour se souvenir.

— Oui, maintenant que tu le dis, je crois me rappeler que tu es tombé du bateau. En fait, tu ne…

Samuel se retint d'éclater de rire et passa un bras autour des épaules d'Émilie. Elle en sentait le poids. Les doigts posés sur son bras.

— Merci, Émilie, murmura-t-il.

La lune brillait haut dans le ciel. Au loin, une voiture donnait un coup d'accélérateur. Émilie enlaça la taille de

Samuel et ils restèrent ainsi, silencieux, de peur d'être découverts.

— Samuel ? lança-t-elle au bout d'un moment.

— Hmm ?

— Raconte-moi comment c'est chez toi.

— Au Ghana ?

Émilie acquiesça et Samuel commença à raconter. Il lui parla, tout bas, en frôlant sa joue, de son enfance, d'un camarade avec qui il avait grandi, d'une de ses petites sœurs qui avait appris à parler avant de savoir marcher. Il lui parla des bœufs dehors dans les champs et d'une fourgonnette, une épave dans laquelle grimpaient les enfants pour jouer. Des ruelles entre les maisons. Du café qui passait des séries télévisées occidentales. Ça aidait de raconter. Ça lui faisait oublier ceux qui étaient morts en route et chassait de son esprit l'image de sa mère, debout sur le pas de la porte, constatant son retour, après avoir gaspillé toutes les économies de la famille. Que lui dirait-elle ?

À la fin, il se tourna vers Émilie et lui demanda de raconter à son tour. Comment c'était, là d'où elle venait ? Émilie le regarda, elle lui parla de son besoin de courir, de la planche de snowboard qu'elle avait reçue à Noël, de la neige qui pouvait former plusieurs mètres de hauteur le long des routes, après le passage du chasse-neige. Elle lui parla du lycée, des matières qu'elle préférait. Lui dit le nom de sa meilleure amie. Et puis, pour la première fois, elle parla de ce garçon et de l'histoire du casse-croûte.

Elle avoua que soudain elle s'était vue de l'extérieur. Et qu'alors, elle avait cessé de manger ou presque. Samuel l'écoutait avec attention et il attendit qu'elle ait terminé son récit avant de se tourner vers elle.

— Ça t'a rendue plus heureuse ? chuchota-t-il.

— Quoi donc ?

— De cesser de manger ?

C'était quoi, cette question ? songea-t-elle en haussant les épaules. Elle avait été satisfaite d'elle-même : elle était capable de se contrôler. Mais de là à être heureuse…

— Qui peut réellement affirmer qu'il est heureux ? finit-elle par lâcher. Tu peux me le dire, toi ?

Sa réponse troubla Samuel. Il ouvrit la bouche pour lui demander ce qu'elle entendait par là, si les gens de son pays n'étaient pas contents de leur vie, mais il fut interrompu par le bruit d'une voiture sur la route en contrebas. Une voiture qui s'approchait de la maison et s'arrêtait. Des portes claquèrent. Des voix retentirent. Des chiens aboyèrent de l'autre côté de la pente. Les autres réfugiés levèrent les yeux. Les regards étaient graves. Durs. Pendant plusieurs secondes, le silence fut total. Puis quelqu'un cria. Quelques mots brefs en espagnol, comme un ordre. Ce devait être la police. Les aboiements se rapprochèrent. Les chiens avaient dû renifler leurs traces. Émilie serra fort le bras de Samuel. Il restait immobile, le regard tourné vers la forêt sombre.

Soudain, ils entendirent que les policiers s'éloignaient, comme s'ils s'étaient trompés de direction. Quelques secondes s'écoulèrent. Peut-être qu'ils ne seraient pas repérés finalement ? Abou et Traoré s'étaient accroupis, prêts à détaler. Émilie et Samuel étaient encore allongés sur le ventre, leurs yeux dépassant à peine du bord. Ça sentait la terre. Les aiguilles de pin. Les chiens aboyaient comme des fous et la lumière des torches balayait les arbres. Des colonnes blanches au milieu de tout ce noir. Tout à coup, les torches se braquèrent sur eux, une lumière blanche aveuglante. Émilie et Samuel baissèrent aussitôt la tête, mais c'était trop tard. Ils étaient repérés. Samuel prit la main d'Émilie et ils se mirent à courir. Des faisceaux lumineux balayaient le paysage autour d'eux. Un des policiers leur dit en anglais de s'arrêter et tira un coup de semonce. La détonation retentit entre les arbres.

Allait-on leur tirer dessus ? songea Émilie lorsque la lumière des torches les localisa encore une fois. Sa vie allait-elle s'arrêter ici, à fuir la police sur Gran Canaria ? Elle qui plus tôt dans la journée avait bronzé sur la plage. Écouté de la musique sur son iPod. Pensé à ses amies restées en Norvège. Et voilà qu'elle courait pour échapper à la police et qu'elle se faisait tirer dessus.

Elle vit Traoré et les autres s'enfuir dans une direction opposée, avec les policiers aux trousses. Samuel et Émilie se laissèrent glisser sur une pente sablonneuse, se relevèrent et reprirent leur course effrénée. Ils longèrent des fourrés et atteignirent les glissières de sécurité d'une route. Un camion passa en trombe en illuminant le paysage avec ses phares. L'obscurité retomba. Émilie jeta un regard derrière elle. Les policiers avaient dû se séparer, car à présent il n'y en avait plus qu'un seul lancé à leur poursuite. Ils traversèrent la route et un terrain herbeux, sautèrent par-dessus une barrière et continuèrent à courir dans un parking. Le policier gagnait du terrain. Samuel était à bout de souffle et Émilie dut le tirer pour qu'il avance.

— Allez ! cria-t-elle. Allez, viens !

Ils arrivèrent à la hauteur des premières habitations. Passèrent en courant devant les cafés et les restaurants.

Devant les boutiques ouvertes tard le soir.

Devant les couples avec leurs poussettes et les bébés endormis, devant les retraités et les jeunes sur leur trente-et-un pour sortir.

Émilie se retourna pour voir où était le policier par rapport à elle, et elle aperçut soudain sa famille qui se promenait tranquillement.

— Émilie ? cria sa mère. Émilie ? !!

Mais Émilie ne s'arrêta pas. Elle continua à courir. Se fraya un chemin à travers la foule. Soudain deux policiers leur barrèrent la route. Émilie entraîna Samuel vers la promenade du bord de mer, prit son élan et sauta sur la plage. Dans l'air, ils se lâchèrent les mains, atterrirent lourdement dans le sable et se relevèrent pour reprendre leur course, chacun de son côté.

Et voici que l'histoire revient là où elle a commencé, qu'elle revient à ce qui aurait pu être le début ou la fin : Émilie courant le long de la mer. Les vagues noires qui lui lèchent les chevilles. Le policier qui se rapproche de plus en plus, la main tendue en avant pour la rattraper.

Mais cela n'est ni le début ni la fin. Cela ne dure qu'un instant avant qu'Émilie soit rattrapée par le policier qui l'agrippe par son débardeur et la flanque par terre. Un instant avant qu'elle n'ait plus d'air dans les poumons, qu'elle ait un genou dans le dos et du sable dans la bouche.

Les menottes se referment autour de ses poignets, ses bras plaqués derrière son dos. En relevant la tête, elle aperçoit Samuel poussé par deux policiers, un peu plus loin. Elle voit qu'il n'oppose aucune résistance. Qu'il les laisse le coucher au sol et lui bloquer les bras. Sa mère crie encore une fois son nom. Les vagues lui lèchent les pieds.

Émilie ferme les yeux, pose la tête sur le sable frais et ressent un bien-être à pouvoir s'allonger par terre. À se rendre. Et, juste avant d'être soulevée par les bras, elle éprouve un sentiment qui la submerge : le soulagement.

21

La prison

Le lendemain matin, Émilie se réveille sur une couchette étroite de cellule de garde à vue. Le sol est en béton et les toilettes, un simple trou dans le sol. Une porte en métal rouge l'empêche de sortir. Le soleil brille à travers les barreaux d'une fenêtre située en haut du mur. Au moment où elle se redresse de sa couchette, un policier aux yeux bruns, parlant un mauvais anglais, lui demande derrière une petite lucarne si tout va bien. Elle hoche la tête.

— Parfait, dit-il sur un ton amical. Nous allons bientôt t'interroger, mais tu peux d'abord manger un peu.

Elle acquiesce de nouveau. Le policier fait coulisser une ouverture tout en bas, et y glisse un plateau avec de la nourriture et de l'eau. Cuisine de cantine. Elle s'oblige à en prendre quelques bouchées et boit son verre. L'homme revient ensuite, pousse la porte et la conduit dans une pièce dépouillée avec un mur aux fenêtres noircies, où il y a seulement une table et deux chaises.

Il la prie de raconter ce qui s'est passé, du début à la fin. Son ton n'est ni impérieux ni déplaisant. Plutôt amical. Émilie inspire profondément et raconte tout. Son jogging. Le bateau. Samuel et la maison vide. Ses difficultés pour échapper à sa famille. Les problèmes pour se procurer de la nourriture. La peur de voir ces réfugiés être renvoyés chez eux.

Le policier prend des notes sur un carnet. De temps en temps, il l'interrompt pour poser une question. Pour avoir davantage de précisions. Il lui demande si elle connaît le nom et le pays d'origine de certains des réfugiés. Émilie se souvient de ce que Samuel lui a dit lorsqu'ils se sont cachés là-haut sur la colline, et elle secoue la tête.

— Je connais seulement le nom de l'un d'eux. Kofi.

Le policier hoche la tête et pose son stylo en lui souriant.

— Kofi, c'est ça ? Écoute, tu as du cran, Émilie. Tu dois te demander ce qui va t'arriver ?

— Oui.

— Tes parents t'attendent derrière la porte, annonce-t-il. Et ton frère... comment il s'appelle, déjà ?

— Sebastian.

Le nom de son petit frère la fait presque rire. « Sebastian ». Comme si ce prénom appartenait à une autre vie. Un autre monde.

— Et *Sebastian* est là aussi, il joue avec sa Nintendo ou je ne sais pas comment ça s'appelle. Tu devrais aller les rejoindre.

— Vous voulez dire que je peux m'en aller ?

— Oui. Tu es trop jeune pour rester ici. D'ailleurs, tu as agi avec les meilleures intentions du monde.

— Que va-t-il arriver à celui qui a été arrêté en même temps que moi ? (Elle se reprend juste à temps pour ne pas prononcer son nom, *Samuel*.) Où est-il ? Où sont les autres ?

L'officier de police lui explique que les réfugiés ont été remis entre les mains des autorités et placés dans un centre pour immigrants clandestins. C'est là que leur cas sera étudié. Dont celui du jeune homme qui a été arrêté en même temps qu'Émilie.

— Vous croyez qu'il aura le droit de rester ?

Le policier se lève et fait glisser sa chaise sur le sol.

— Je ne sais pas, répond-il en se dirigeant vers la porte. Je ne sais pas. Tu es prête ?

Émilie fait oui de la tête et se met debout. Elle est prête.

22

Émilie, Samuel et Gran Canaria

Samuel a reçu des coups, une fois au sol, sur la plage. On lui a passé les menottes et on l'a emmené au poste de police. Après une nuit en garde à vue, il a subi un interrogatoire et il a donné un faux nom aux autorités, dans l'espoir qu'elles ne découvrent pas sa véritable identité avant que quarante jours soient écoulés. Quarante jours, c'était tout ce qu'il demandait. Son nom fut noté, ses empreintes digitales, comparées à celles du fichier international, sans résultat. Encore un réfugié anonyme. Rien qu'un chiffre dans les statistiques des autorités. Ensuite il a été conduit au centre de rétention de Gran Canaria : un grand bâtiment en briques entouré de hauts barbelés, loin des touristes et des hôtels. Plusieurs tentes ont été dressées dans la cour. Là, il a été examiné par un médecin et vacciné. Ensuite on lui a donné à manger et à boire dans un grand réfectoire et il a pu parler à certains des autres réfugiés. Tous ont partagé le même destin et ont vécu les mêmes expériences pour parvenir ici : ils ont traversé l'océan dans des bateaux de fortune, craignant de ne jamais arriver ou de couler. Presque tous ont vu des personnes mourir pendant le trajet.

À présent, ils sont ici. Séparés par une simple clôture électrique et quelques tampons sur un document de la vie pour laquelle ils ont tout risqué. Une vie en Occident.

Parqués les uns à côté des autres sur des bancs, dans les tentes et par terre, de jeunes hommes attendent. Ils s'occupent en se racontant des histoires ou se taisent, le regard dans le vide. Ils regardent le toboggan, les balançoires et le grillage. Certains jouent au football. Djeneba et Ousmane aussi sont là. Ils étaient déjà là quand Samuel a débarqué la veille au soir. Le ventre d'Ousmane va mieux depuis qu'il a reçu un traitement du médecin. Il a retrouvé des forces. Et avec elles, l'envie de jouer. Samuel l'aide à monter et descendre du toboggan, le pousse sur la balançoire. Il essaie de faire passer le temps.

Soudain, il l'aperçoit. Une fille blanche parmi tous les corps noirs. Émilie. Elle a relevé ses cheveux, s'est maquillée et porte une robe d'été claire qui lui arrive juste au-dessus du genou. Elle a aux pieds de nouvelles sandales à hauts talons avec des lacets autour des chevilles. C'est la première fois qu'il la voit maquillée et habillée autrement qu'en pantalon de sport et tee-shirt. Il reste interdit, incapable de dire quoi que ce soit ou de lui faire un signe quand elle vient vers lui, se met sur la pointe des pieds et l'embrasse sur la joue.

— Émilie, dit-il.

Émilie ne sait pas quoi répondre. Elle n'ose pas prononcer son nom de peur que des gardes ne l'entendent et découvrent comment il s'appelle pour de vrai — et le rapatrient. Les gens autour d'eux les fixent, alors Samuel la prend par le bras et l'entraîne dans un coin où il y a un peu moins de monde. Ils vont sur une butte rocheuse, à l'arrière du centre de rétention. Une clôture de quatre mètres de haut avec du fil barbelé découpe le ciel en petits carrés. S'ils avaient regardé autour d'eux, ils auraient vu la mer de tout côté. Ils sont face à face. Le garde dit qu'il reviendra dans cinq minutes et disparaît au coin du bâtiment. Enfin, ils ne sont plus que tous les deux. Samuel tient les mains d'Émilie dans les siennes et passe un doigt le long de sa blessure.

— Ça cicatrise bien ? demande-t-il en souriant.

Elle hoche la tête.

Comme il est heureux de la revoir. Sentir sa main de nouveau. Soudain, il prend conscience qu'un fossé les sépare. Et que le moment qu'ils partagent ensemble sera si court.

— J'aurais aimé que les choses soient différentes, poursuit-il en montrant les fils barbelés et le centre de rétention. J'aurais aimé ne pas être obligé de... Et que nous...

— Je sais, répondit Émilie en appuyant la tête contre lui.

Samuel l'entoure de ses bras. Enfin, il la tient contre lui.

— Qu'est-ce qui va t'arriver maintenant ? s'enquiert-elle, la joue contre son oreille.

Il recule un peu la tête pour pouvoir mieux la regarder, tout en continuant à la serrer dans ses bras.

— Je ne sais pas. Soit j'aurai le droit de rester, soit on me renverra chez moi. On verra bien...

Émilie baisse un instant les yeux avant de croiser de nouveau son regard.

— C'est tellement injuste.

— Je ne sais pas. On m'aurait retrouvé tôt ou tard. Et vivre ici clandestinement... ce n'est pas une vie.

Émilie acquiesce, les mains toujours autour de la taille du jeune homme. Comme s'ils étaient des amoureux. Quelques mèches blondes lui tombent sur le visage. Samuel les écarte doucement et les lui glisse derrière l'oreille. Des cheveux fins et doux. Bien différents de ceux qu'il a touchés jusqu'ici. Ses lèvres brillent et il a envie de se pencher pour les embrasser.

— Et toi, Émilie ? l'interroge-t-il en se ravisant.

— Nous partons demain, répond-elle à voix basse. Tôt dans la matinée.

Samuel la serre de nouveau contre lui. Il sent le souffle d'Émilie dans son cou et entend le bruit des vagues en contrebas. Pendant quelques secondes, plus rien d'autre n'existe. Ils sont seuls au monde avec ce paysage autour : Émilie, Samuel et Gran Canaria. Il renverse la tête en arrière et la regarde. Il ne peut s'empêcher de sourire. Émilie a envie de lui demander pourquoi, mais l'arrivée du garde interrompt leur moment d'intimité.

— La visite est terminée ! crie-t-il sur un ton sec.

Émilie tourne la tête puis revient vers Samuel. C'est alors qu'elle ose franchir le pas : elle l'embrasse sur la bouche. Un baiser furtif et tendre. Samuel sent tout son corps se mettre à trembler. Il voudrait répondre à ce baiser, mais elle baisse la tête et sort un bout de papier de son sac. Un petit feuillet plié en quatre.

— Écris-moi, chuchote-t-elle.

Samuel contemple le bout de papier et acquiesce.

À cet instant, le garde fonce sur eux et saisit énergiquement Émilie par le bras.

— Allez, ça suffit !

Sur ce, elle est conduite à la sortie. Samuel marche derrière eux et se tient au portail pour lui dire au revoir. Il ne cesse pas d'agiter la main, quand elle monte dans la voiture de police, quand celle-ci descend la pente et disparaît dans un virage. Il inspire alors profondément et se retourne. Ousmane arrive d'un pas mal assuré, avec une couche et des sandales. Samuel contemple encore une fois le bout de papier avec l'adresse notée dessus, avant de le cacher dans sa poche et de soulever le petit garçon. Ousmane lui montre une nuée d'oiseaux qui s'est posée sur le toit du bâtiment. Le drapeau espagnol, avec ses couleurs jaune et rouge, claque au vent, et Samuel repense au mur peint qu'il a vu au Sénégal. Le bateau avec toutes les personnes à bord. Les lettres peintes en rouge.

Barsakh.

Maintenant il est ici.

Maintenant il ne reste plus qu'à attendre.

23

Épilogue

L'avion tourne lentement
sur la piste. De son siège,
Émilie regarde par le hublot.
Son père a pris place à côté d'elle.
Devant eux, il y a sa mère et Sebastian.
Ces derniers jours, tout a radicalement changé.
Émilie a beaucoup dormi. Pensé à Samuel. Pleuré.
Elle a essayé de manger davantage. Cela fait
seulement deux semaines qu'ils sont partis de chez eux, mais
cela lui paraît une autre vie. Une autre Émilie. Maintenant, ils sont assis
dans l'avion du retour, elle va retrouver l'école, les amies. Un chariot
à bagages vide longe l'appareil
avant de retourner à la
porte d'embarquement.
L'avion commence à rouler
de plus en plus vite,
les moteurs grondent
dans le paysage quand la carlingue
décolle et s'élève au-dessus
de la mer. Émilie pose le front
contre la vitre. Quelque part
là-bas, il y a encore des
gens, en cet instant
précis, se dit-elle.
Quelque part là-bas,
il y a des personnes
entassées dans de frêles
embarcations et qui
rêvent d'une
nouvelle vie.
En cet instant même. Elle tourne la tête vers son père.
Il prend sa main et la presse doucement dans la sienne.

Puis elle ferme les yeux.

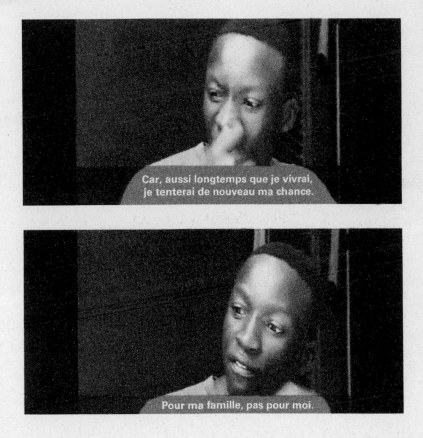

NOTES DE FIN

Les photos des pages 4, 37, 39, 40, 49, 57 et 159 sont tirées du film documentaire *Out of Africa — Spain* et de *Travelling with immigrants — Mali*, qui tous deux sont produits par la société Journeyman. On peut découvrir ces deux films sur YouTube grâce aux liens suivants :

http://www.youtube.com/watch?v=O6DYxxvzKBI &feature=fvst

et : www.youtube.com/watch?v=VMC3jbQN5gI

Le site web de la société de production est : http://www.journeyman.tv/

STATISTIQUES & *STATISTIQUES*

Selon les études nationales et internationales, quelque 50 000 Norvégiens entre 15 et 45 ans souffrent de troubles alimentaires.

Environ 2 700 souffrent d'anorexie, 18 000 de boulimie et 28 000 d'excès de nourriture. Ce chiffre est resté stable ces vingt-cinq dernières années.

(Rosenvinge J. H., Götestam K., 2002)

*

De janvier à novembre 2006, 28 167 bateaux de réfugiés ont accosté aux îles Canaries. Août et septembre 2006 constituent un pic, avec en tout 21 237 arrivants en deux mois. La Croix-Rouge estime à 3 000 le nombre de réfugiés qui perdent la vie chaque année, en traversant la mer pour rejoindre l'Europe. La plupart d'entre eux ne sont jamais retrouvés.

Les jumeaux de l'Île rouge
de Brigitte Peskine

Cléa et Brice, des jumeaux nés à Madagascar, ont été adoptés par un couple de Français. Seize ans plus tard, si Brice semble bien dans sa peau, Cléa ne sait plus où elle en est : hostile, malheureuse, révoltée par le racisme dont elle se sent victime, elle inquiète ses parents au point que ceux-ci décident, comme une dernière tentative pour l'aider à surmonter son mal-être, de l'envoyer avec son frère passer l'été au pays de sa naissance.

Un roman initiatique et épistolaire poignant mais aussi un plaidoyer pour les jumeaux de Mananjary, à Madagascar, considérés comme « maudits », et encore aujourd'hui mis au ban de leur communauté.

Le sourire de Marie-Adélaïde
de Annie Pietri

1703. Marie-Adélaïde de Savoie, mariée depuis cinq ans au duc de Bourgogne, petit-fils de Louis XIV, illumine la cour de Versailles. Pétillante jeune femme de 17 ans, elle aime rire, s'amuser et s'étourdir de distractions. Mais, au fond, Marie-Adélaïde est beaucoup moins frivole qu'il n'y paraît. Car elle porte en elle le poids d'une vengeance, celle de son père et du peuple savoyard qui fut massacré sur ordre du roi. Or, un jour, elle croise à Versailles le beau marquis de Nangis, brillant militaire couvert de gloire, et elle en tombe éperdument amoureuse...

Swing à Berlin
de Christophe Lambert

Berlin, 1942. La guerre s'enlise, et les Allemands commencent à sentir que l'issue ne sera pas victorieuse. Joseph Goebbels, ministre de la Propagande, cherche un moyen de remonter le moral de la population. Et quoi de plus joyeux que le jazz? Mais, considéré comme une «musique dégénérée» ou «musique de nègres», il est interdit par le régime. Le ministre ordonne donc que l'on crée un groupe de «musique de danse accentuée rythmiquement», un jazz qui valoriserait les thèses aryennes.

Le vieux pianiste Wilhem Dussander est à la retraite depuis que les membres juifs de son groupe on été arrêtés. S'il estime que la politique n'est pas l'affaire des musiciens, il n'a jamais aimé les nazis. Pourtant, lorsque Goebbels le sollicite pour monter le groupe qu'il appelle de ses vœux, Dussander n'a d'autre choix que d'accepter...

Un hommage à la musique.
Un appel à la liberté.

Memor, le monde d'après

Kinga Wyrzykowska

Tomek, 13 ans, s'aperçoit que son frère Tadzio, est en train
de s'effacer de la dernière photo qu'il a prise de lui avant
«l'Accident». Il décide alors de surmonter sa peur et de se
servir de la pierre secrète qu'il porte autour du cou. Grâce
à elle, il a le pouvoir d'appeler les morts et de leur parler.
Mais contre toute attente, c'est lui qui bascule dans «le monde
d'après», à Memor, où les défunts vivent en sursis, suspendus
au souvenir des hommes. Or, dans cet univers cruel et fascinant, Tadzio est en danger.

Au cœur d'un inoubliable monde imaginaire, un magnifique
roman sur la force du souvenir.

Le mystère Velázquez
Eliacer Cansino

Traduit de l'espagnol par Isabelle Gugnon

Nicolás paraît être né sous une mauvaise étoile. Sa mère meurt en le mettant au monde, et Nicolás est nain, pour la plus grande honte de son père qui le vend à la cour d'Espagne. Il n'a que sept ans quand il arrive à Madrid, seul, malheureux et vulnérable. Mais Nicolás ignore qu'il va devenir un personnage respecté de la cour et le confident de l'immense peintre Diego Velázquez...

Un roman émouvant et fascinant qui redonne vie à chacun des personnages du tableau le plus célèbre de Velázquez.

Les filles sauvages
Pat Murphy

Traduit de l'anglais par Dominique Kugler

Joan vient d'emménager avec sa famille près de San Francisco, à la lisière d'un bois. Là, elle rencontre une fille étrange qui prétend s'appeler Renarde et vit seule avec son père dans une maison délabrée, au cœur de la forêt. Les deux filles deviennent amies et participent ensemble à un concours de nouvelles. Elles remportent le premier prix et sont invitées à suivre un stage d'écriture pendant l'été. La porte d'un nouveau monde s'ouvre alors pour Joan : un monde merveilleux, plein d'ombres et de contradictions, mais aussi de lumières et de possibles...

Un roman sur l'amitié et le pouvoir de l'imagination, où les deux héroïnes séduisent par leur audace, leur volonté de s'affirmer, de comprendre et de créer.

Le jour où j'ai rencontré Cupidon
Suzanne Selfors

Traduit de l'anglais par Simon Baril

Dans un mois, la mère d'Alice, Belinda Amourous, la reine du roman sentimental, doit remettre son prochain manuscrit aux éditions Cœur-Sensible. Or, elle est internée dans une clinique psychiatrique. Pour protéger sa mère, Alice fait croire que celle-ci est à l'étranger, et elle décide d'écrire le roman à sa place. Sauf que la jeune fille de 16 ans ne sait rien de l'amour: elle n'ose même pas aborder le garçon en skate qu'elle regarde passer chaque matin sous sa fenêtre. Jusqu'au jour où elle rencontre un jeune homme étrange qui prétend être Cupidon...

Une histoire drôle et profonde, pleine de magie et de charme.

La minute de vérité

Bjørn Sortland

Traduit du norvégien par Françoise, Marina et Tom Heide

Frida, 17 ans, apprend qu'elle est atteinte d'une maladie des yeux, et risque de perdre la vue. Elle, qui rêvait de visiter l'Italie, décide d'aller à Florence avant qu'il ne soit trop tard. Là-bas, elle rencontre Jakob, 19 ans, norvégien comme elle. Le jeune homme doit écrire des articles sur l'histoire de l'art et parcourt l'Europe pour admirer quelques-uns des 34 tableaux dont il a choisi de parler. Pour Frida, c'est le coup de foudre ! Jakob lui raconte Giotto, Brunelleschi, Raphaël... et elle voudrait qu'il ne s'arrête jamais...

Un livre d'une grande richesse qui célèbre l'art, la vérité et l'amour...

Lucian

Isabel Abedi

Traduit de l'allemand par Laurence Bouvard

*Dis-moi, Becky. Tu n'as jamais envisagé l'hypothèse que
Lucian pouvait... ne pas être... humain ?*
Je baissai la tête :
– Non, soufflai-je.
« Si ! » hurlai-je intérieurement.

Lucian, l'étrange garçon sans passé ni mémoire, ne cesse de
croiser le chemin de Rebecca. Son seul point d'ancrage, c'est
elle ; elle, dont il rêve toutes les nuits. Et d'emblée, Rebecca
a ressenti pour lui une attirance fulgurante et inexplicable.
Malgré leurs efforts, ils ne parviennent pas à s'éloigner l'un
de l'autre.

Mais avant d'avoir pu comprendre quel était leur secret, ils
sont séparés. Et les conséquences sont terribles, car ce qui les
lie est bien plus fort que l'amour.

*Cet ouvrage a été mis en pages
par DV Arts Graphiques à La Rochelle*

*Imprimé par Black print CPI (Barcelona)
en avril 2015*

pour le compte des Éditions Bayard

Imprimé en Espagne